A REVOLUÇÃO
DOS BICHOS

George Orwell

A REVOLUÇÃO DOS BICHOS

TRADUÇÃO
RAFAEL ARRAIS

Veríssimo

COPYRIGHT © FARO EDITORIAL, 2023

Todo conteúdo original (em inglês) é de autoria de George Orwell (Eric A. Blair) e se encontra em domínio público. A tradução do inglês é de Rafael Arrais (2021).

Todos os direitos reservados.

Nenhuma parte deste livro pode ser reproduzida sob quaisquer meios existentes sem autorização por escrito do editor.

Veríssimo é um selo da Faro Editorial

Diretor editorial **PEDRO ALMEIDA**
Coordenação editorial **CARLA SACRATO**
Preparação **DANIEL WELLER**
Revisão **DANIEL RODRIGUES AURÉLIO E BARBARA PARENTE**
Ilustração de miolo **FERNANDO MENA**
Capa **VANESSA S. MARINE**
Projeto gráfico **OSMANE GARCIA FILHO**
Diagramação **CRISTIANE | SAAVEDRA EDIÇÕES**

Dados Internacionais de Catalogação na Publicação (CIP)
Angélica Ilacqua CRB-8/7057

Orwell, George, 1903-1950
    A revolução dos bichos / George Orwell ; tradução de Rafael Arrais. — São Paulo : Faro Editorial, 2023.
    96 p.

    ISBN 978-65-5957-368-4
    Título original: Animal Farm

    1. Ficção inglesa I. Título II. Arrais, Rafael I. Título

20-4297   CDD 823

Índice para catálogo sistemático:
1. Ficção inglesa

Veríssimo

2ª edição brasileira: 2023
Direitos de edição em língua portuguesa, para o Brasil, adquiridos por FARO EDITORIAL

Avenida Andrômeda, 885 — Sala 310
Alphaville — Barueri — SP — Brasil
CEP: 06473-000
www.faroeditorial.com.br

APRESENTAÇÃO

Certa noite, Major, porco ancião de doze anos, com ar sábio e benevolente, teve um sonho estranho, que desejou compartilhar com os outros animais da Fazenda do Solar. Em virtude do alto conceito desfrutado por ele, os animais não se negaram a perder uma hora de sono só para ouvir o Major. Sua mensagem foi clara: todos os males da existência dos animais tinham origem na tirania dos seres humanos, representados na fazenda pelo sr. Jones, seu proprietário. Bastaria que os animais se livrassem dos homens para que pudessem se tornar prósperos e livres. "Esta é a minha mensagem para vocês, meus camaradas: rebelião!", bradou o Major.

Três noites depois, enquanto dormia, o velho Major morreu serenamente. Nos três meses seguintes, houve uma intensa atividade conspirativa na fazenda. A tarefa de instruir e organizar os bichos para a rebelião prevista pelo Major recaiu sobre os porcos, os mais inteligentes entre os animais. Entre eles, destacaram-se dois jovens varões: Napoleão e Bola de Neve.

De aparência ameaçadora, Napoleão era pouco falante, mas com a reputação de ser dotado de grande força de vontade. Bola de Neve era mais falante e imaginoso, mas menos sólido de caráter. Eles organizaram os ensinamentos do Major num sistema de pensamento que chamaram de Animalismo, cujos princípios resumiram em sete mandamentos:

1. O que quer que ande sobre duas pernas é um inimigo.
2. O que quer que ande sobre quatro pernas ou que tenha asas é um amigo.
3. Nenhum animal usará roupas.
4. Nenhum animal dormirá em cama.
5. Nenhum animal beberá álcool.
6. Nenhum animal matará outro animal.
7. Todos os animais são iguais.

A revolução triunfou e o sr. Jones foi expulso da fazenda, que passou a se chamar Fazenda dos Animais. A analogia com a Revolução Russa de 1917 é evidente. O visionário Major, o despótico e paranoico Napoleão e o ativo Bola de Neve seriam, respectivamente, Lenin, Stalin e Trotsky. A Fazenda do Solar e a Fazenda dos Animais seriam, respectivamente, a Rússia Czarista e a União Soviética. Mas assim como a Revolução Russa, a *Revolução dos Bichos*, depois de alguns anos, degenerou em um regime opressivo, violento e cruel. Uma ditadura não do proletariado, mas sim de alguns poucos privilegiados.

Em 1937, na Guerra Civil Espanhola, George Orwell, lutando como voluntário pela causa republicana em uma milícia de inspiração trotskista, toma conhecimento da brutalidade, dos expurgos e da opressão do regime de Stalin. Então, ele se converte em um antistalinista ferrenho e se convence de que a destruição do mito stalinista e da visão perigosamente romântica da Revolução Russa era essencial para um renascimento do movimento socialista.

Fruto dessa experiência, alguns anos depois, durante a Segunda Guerra Mundial, Orwell escreve *A revolução dos bichos*, que se torna um dos atos literários de destruição política mais devastadores do século XX. Moralista no sentido de alguém que não suporta deixar qualquer má conduta passar sem ser denunciada, ele tinha o defeito fatal de todo homem totalmente honesto: insistia na verdade mesmo quando era a verdade mais inconveniente.

Publicado em 1945, *A revolução dos bichos* ingressou rapidamente na imaginação política como uma parábola que revelava como os ideais sociais mais nobres se degradavam enquanto o poder totalitário continuava a falar em igualdade e fraternidade, resultando na corrupção da verdade e do significado. O exemplo mais flagrante e lamentável dessa dinâmica é a transformação do sétimo mandamento do Animalismo de "Todos os animais são iguais" em "Todos os animais são iguais, mas alguns animais são mais iguais do que os outros".

Em um ensaio de 1946, intitulado "Por que eu escrevo", Orwell afirmou:

> Cada linha de trabalho sério que escrevi desde 1936 foi escrita, direta ou indiretamente, contra o totalitarismo... A revolução dos bichos foi o primeiro livro que tentei, com plena consciência do que estava fazendo, fundir o propósito político e o propósito artístico em um todo.

Além de sátira política, *A revolução dos bichos* é um tratado da loucura humana, um brado de todos que anseiam pela utopia, um ensinamento alegórico e uma fábula na tradição esopiana. Enfim, uma pequena obra de arte, que é uma pregação apaixonada contra os perigos da inocência política e os totalitarismos de todos os tipos.

O editor.

CAPÍTULO 1

O sr. Jones, da Fazenda do Solar, havia fechado o galinheiro para a noite, mas estava bêbado demais para lembrar de fechar as portinholas das galinhas. Com a luz da sua lanterna balançando de um lado para o outro, ele atravessou cambaleante o pátio, arrancou as botas ao atravessar a porta dos fundos, engoliu um último copo de cerveja do barril da copa e fez o caminho até a cama, onde a sra. Jones já roncava.

Assim que as luzes do quarto foram apagadas, houve um agito e um bater de asas em todos os galpões da fazenda. Ao longo do dia, correu o boato de que o velho Major (um porco que já havia sido premiado em exposições) teve um sonho estranho na noite anterior, e gostaria de falar sobre ele aos outros animais. Ficou combinado que todos deveriam se encontrar no grande celeiro assim que o sr. Jones se recolhesse. O velho Major (todos os animais o chamavam assim, apesar de haver concorrido nas exposições com o nome de "Belo de Willingdon") era tão respeitado na fazenda que todos estavam dispostos a perder uma hora de sono para poder ouvir o que ele tinha a dizer.

No fundo do celeiro, sobre uma espécie de estrado de madeira, o Major já se encontrava deitado em sua cama de palha, sob a luz de um lampião pendurado numa das vigas. O Major já havia alcançado seus doze anos e estava um tanto corpulento, mas mesmo assim permanecia sendo um porco de porte majestoso, com um ar sábio e benevolente, embora suas presas jamais tenham sido cortadas. Em pouco tempo, os animais começaram a chegar e confortavelmente se aconchegar, cada um ao seu modo.

    Primeiro chegaram os três cachorros, Bluebell, Jessie e Pincher, e depois vieram os porcos, que se sentaram na palha em frente ao estrado. As galinhas se empoleiraram no peitoril das janelas, as pombas voaram para as vigas do telhado, as ovelhas e as vacas permaneceram atrás dos porcos ruminando. Os dois cavalos de tração, Cascudo e Margarida, chegaram juntos, andando bem vagarosamente e acomodaram no chão seus enormes cascos peludos (com todo cuidado, de modo a não pisar em nenhum pequeno animal que pudesse estar oculto dentre a palha). Margarida era uma égua corpulenta, uma matrona já próxima da meia-idade, cujas curvas jamais voltaram ao que eram após o nascimento do seu quarto potrinho. Cascudo, por sua vez, era um bicho enorme, com quase dois metros de altura, tão forte quanto dois cavalos comuns. Uma mancha branca que atravessava o seu focinho conferia um certo ar de estupidez e, de fato, ele não era lá tão esperto, no entanto era respeitado por todos pela sua retidão de caráter e sua tremenda disposição para o trabalho. Depois dos cavalos, vieram Muriel, a cabra branca, e Benjamim, o asno.

    Benjamim era o animal mais velho da fazenda, e o mais ranzinza. Ele raramente se pronunciava, e quando falava, em geral era para dizer alguma coisa cínica. Por exemplo: ele dizia que Deus lhe deu uma cauda para que pudesse espantar as moscas, mas ele preferia que não houvesse nem cauda e nem moscas. De todos os demais animais da fazenda, ele era o único que nunca ria. Quando lhe perguntavam por quê, ele dizia que não via nenhum motivo para rir. Em todo caso, ainda que não admitisse abertamente, ele nutria certa afeição por Cascudo, com quem geralmente passava os domingos na pequena porteira além do pomar, pastando lado a lado sem jamais dizer uma palavra.

    Os dois cavalos mal haviam se acomodado quando uma ninhada de patinhos órfãos entrou no celeiro, piando baixinho e se aventurando pelos cantos, buscando um local onde não corressem o risco de serem pisoteados. Finalmente Margarida ofereceu a proteção da sua pata dianteira, e os patinhos se aconchegaram em torno dela, logo caindo no sono. No último instante, Mollie, a bela e tola égua branca que puxava a charrete do sr. Jones, apareceu no recinto se locomovendo com toda graciosidade, enquanto mastigava um torrão de açúcar. Ela pegou um lugar bem à frente e ficou saracoteando com sua crina branca, na esperança de chamar atenção para as fitas vermelhas que a enfeitavam. Após todos entrarem, veio a gata em busca como sempre de um local mais morno, que encontrou entre Cascudo e Margarida. Enfiou-se lá e ronronou satisfeita ao longo de todo o discurso do Major, sem ouvir uma só palavra de tudo que foi dito.

Agora todos os animais estavam presentes, exceto Moisés, o corvo domesticado, que dormia lá fora num poleiro atrás da porta dos fundos. Quando Major percebeu que todos já se encontravam bem acomodados e aguardando atentamente, limpou a garganta e iniciou:

— Camaradas, todos vocês já ouviram falar sobre o sonho estranho que eu tive na noite passada. Falarei, sim, mais tarde, contudo antes tenho outra coisa a dizer. Eu não acredito, camaradas, que estarei entre vocês por muito mais primaveras e, antes que eu morra, sinto ser minha obrigação passar a todos vocês a sabedoria que adquiri por todo esse tempo. Sim, eu tive uma longa vida e muito tempo para refletir enquanto permanecia solitário em meu chiqueiro. Hoje posso dizer que compreendo a natureza da vida nesta terra tão bem quanto qualquer outro animal vivo. É sobre isso que eu quero falar.

Então, camaradas, qual é a natureza da vida que levamos? Não vamos ignorar a realidade: nossa vida é miserável, curta e cheia de trabalho. Nós nascemos, recebemos o mínimo de alimento necessário para continuar respirando e aqueles que são capazes são forçados a trabalhar até o último resquício de suas forças. E assim, no instante em que nossa utilidade acaba, somos abatidos com monstruosa crueldade. Nenhum animal em toda a Inglaterra conhece o significado da felicidade e do lazer após completar um ano de vida. Nenhum animal na Inglaterra é livre. A vida de um animal é feita de miséria e de escravidão: essa é a dura verdade.

Mas tudo isso seria simplesmente parte da ordem da natureza? Nossa terra será tão pobre assim que não possa oferecer uma vida mais decente àqueles que a habitam? Não, camaradas, mil vezes não! O nosso clima é bom e o solo inglês é fértil, sendo perfeitamente capaz de dar comida em abundância a uma quantidade bem maior de animais do que o número atual. Só a nossa fazenda comportaria uma dúzia de cavalos, umas vinte vacas, talvez centenas de ovelhas — e todos eles vivendo em um nível de conforto e dignidade que agora se encontra praticamente além da nossa imaginação. Por que nós continuamos nesta condição miserável de vida? Porque a quase totalidade do produto do nosso trabalho nos é roubada pelos seres humanos. Aí está, camaradas, a resposta para todos os nossos problemas. Ela pode ser resumida numa única palavra — Homem. O Homem é nosso único e verdadeiro inimigo. Retire o Homem da cena, e a raiz principal da fome e da sobrecarga de trabalho será cortada para sempre.

O Homem é a única criatura que consome sem produzir. Ele não dá leite, não põe ovos, é fraco demais para puxar o arado e não corre rápido o suficiente para apanhar uma lebre. Ainda assim, ele é o senhor de todos os animais. Ele nos coloca para trabalhar, paga o mínimo suficiente para que nós não passemos fome e fica com todo o resto. Nosso trabalho lavra o solo, nosso estrume o fertiliza e, no entanto, nenhum de nós possui mais do que a própria pele.

Ó vacas, vocês que vejo à minha frente, quantos milhares de litros de leite vocês devem ter produzido durante o último ano? E o que aconteceu com todo esse leite, que poderia muito bem estar alimentando bezerros robustos? Cada gota se perdeu pela goela dos nossos inimigos.

E vocês aí, galinhas, quantos ovos puseram o ano todo, quantos se tornaram novos pintinhos? Todo o restante foi direto para o mercado, para dar dinheiro a Jones e seus homens.

E quanto a você, Margarida, que diabos! Onde estão os seus quatro potrinhos, que deveriam ser o suporte e a alegria da sua velhice? Cada um deles foi vendido com um ano de idade, e você nunca os verá novamente. E o que você recebeu em troca dos seus quatro partos e por todo o seu trabalho no campo, além de um canto do estábulo e um tanto de ração?

Ora, e mesmo sendo tão miserável, nossa vida sequer tem a permissão de chegar ao fim de modo natural. Não reclamo da minha, pois fui um dos mais sortudos. Cheguei aos doze anos de idade e já fui pai de mais de quatrocentos porcos; essa é a vida de um porco reprodutor. Mas, no final das contas, nenhum animal escapa do cutelo. Vocês aí, jovens leitões sentados à minha frente, cada um de vocês soltarão guinchos pela vida no matadouro daqui a um ano. É para tal horror que todos nós nos encaminhamos — vacas, porcos, galinhas, ovelhas, todos!

Nem mesmo os cavalos e os cachorros escapam de tal destino. Você, Cascudo, no dia em que esses seus músculos grandiosos perderem o seu poder de tração, Jones o enviará ao carniceiro, que em seguida o degolará e cozinhará sua carne para alimentar os cães de caça. E quanto aos cachorros, quando enfim se tornarem velhos e desdentados, Jones vai amarrar uma pedra no pescoço de cada um, para em seguida atirar vocês no lago mais próximo.

Assim sendo, camaradas, não está claro e cristalino que todos os males da nossa existência nascem da tirania dos humanos? Basta, portanto, que nos livremos do Homem, para que todo o produto do nosso trabalho permaneça conosco. Nós poderíamos nos tornar ricos e livres praticamente da noite para o dia. Então o que devemos fazer? Trabalhar, trabalhar dia e noite, de corpo e alma, para a derrubada da raça humana!

Esta é a minha mensagem para vocês, meus camaradas: Rebelião! Eu não sei dizer quando se dará essa Rebelião, poderá vir dentro de uma semana ou daqui a um século, mas eu sei de uma coisa, com tanta certeza quanto a de estar vendo esta palha debaixo dos meus pés: mais cedo ou mais tarde, a justiça será feita. Mantenham isso em foco, camaradas, pelo pouco tempo que ainda nos resta viver! Mas, acima de tudo, transmitam a minha mensagem para aqueles que virão depois de vocês, para que nossas futuras gerações possam continuar na luta até que chegue a vitória.

E lembrem-se, camaradas: a determinação de vocês não deve fraquejar jamais. Nenhum argumento poderá desviar vocês dela. Quando tentarem convencer de que o Homem e os animais partilham dos mesmos interesses, dizendo que a prosperidade de um é a prosperidade de todos, simplesmente fechem os seus ouvidos: é tudo balela, tudo mentira! O Homem não serve a nenhum outro interesse além do seu próprio.

Que prospere, assim, entre nós animais uma perfeita unidade, uma perfeita camaradagem na luta. Todos os homens são inimigos. Todos os animais são camaradas.

Nesse momento houve um tremendo rebuliço. Enquanto o Major discursava, quatro ratazanas haviam rastejado para fora de seus buracos e estavam sentadas nas patas traseiras, escutando tudo o que era dito. Mas os cachorros perceberam sua presença, e somente por terem se enfiado bem rápido de volta nos buracos, as ratazanas conseguiram escapar com vida. O Major levantou sua pata e pediu silêncio, dizendo em seguida:

— Camaradas, eis um ponto que precisa ser resolvido. As criaturas selvagens, como os ratos e os coelhos, serão nossas amigas ou nossas inimigas? Vamos colocar esse assunto em votação. Eu proponho à assembleia a seguinte questão: os ratos são nossos camaradas?

Os votos foram dados em seguida e, por uma maioria esmagadora, ficou acordado que os ratos eram camaradas. Houve apenas quatro dissidentes, os três cachorros e a gata (depois se descobriu, ela votou pelos dois lados). O Major prosseguiu:

— Não tenho muito mais a dizer. Apenas repito: lembrem-se sempre do seu dever de inimizade para com o Homem e com todas as suas manias. O que quer que ande sobre duas pernas é um inimigo. O que quer que ande sobre quatro pernas ou que tenha asas é um amigo. E, da mesma forma, lembrem-se de que em nossa luta contra o Homem nós não devemos nos comportar como ele. Mesmo depois de derrotado, não adotem os seus vícios. Nenhum animal deve jamais viver numa casa, nem dormir numa cama, nem usar roupas, nem beber álcool, nem fumar, nem tocar em dinheiro ou se envolver com o comércio. Todos os hábitos do Homem são maus. E, acima de tudo, nenhum animal deverá jamais ser um tirano para com a sua própria gente. Fortes ou fracos, espertos ou simplórios, nós somos todos irmãos. Todos os animais são iguais.

E agora, camaradas, vou contar sobre o meu sonho da noite passada. Eu não posso descrevê-lo inteiramente a vocês. Foi um sonho sobre como será a Terra após o Homem ter desaparecido dela. O sonho me lembrou de algo que eu havia esquecido há tempos. Há muitos anos, quando eu ainda era um pequeno leitão, minha mãe e outras porcas costumavam cantar uma canção antiga, que só conheciam a melodia e as três primeiras palavras. Eu aprendi essa melodia na minha infância, mas ela já havia sumido da minha mente há bastante tempo. Na noite passada, no entanto, ela retornou em meu sonho. E o mais interessante é que os seus versos também reapareceram: tenho por certo que eram os mesmos que foram cantarolados pelos nossos ancestrais e depois esquecidos por muitas gerações.

Eu vou cantar para vocês a canção do meu sonho, camaradas. Estou velho, e minha voz um tanto rouca, mas quando eu ensinar a melodia, vocês poderão cantar essa canção melhor do que eu. Ela se chama "Bichos da Inglaterra".

Em seguida, o velho Major limpou a garganta e começou a cantar. Como ele avisou, a sua voz era rouca, mas dava para o gasto; e a melodia era bem viva, algo entre "Clementine" e "La Cucaracha". Os versos diziam assim:

> Bichos da Inglaterra, bichos da Irlanda,
> Bichos daqui e acolá,
> Ouçam minhas alegres notícias
> De um tempo dourado que virá.
>
> Mais cedo ou mais tarde chegará o dia
> Quando os Homens Tiranos cairão,
> E nos campos férteis da Inglaterra
> Só os bichos andarão.
>
> As argolas sumirão dos nossos focinhos,
> E as celas de nossas costas;
> A espora e o estribo irão enferrujar,
> E os chicotes deixarão de estalar.
>
> Riquezas além da imaginação,
> Trigo e cevada, feno e aveia,
> Muita pastagem, raízes e feijão,
> Tudo será só nosso.
>
> Ó Inglaterra, seus campos irão brilhar,
> Suas águas serão mais puras,
> Suas brisas serão mais doces,
> No dia que vier nos libertar.
>
> Por este dia todos devemos lutar,
> Mesmo que morramos antes da sua alvorada;
> Vacas e cavalos, gansos e perus,
> Todos juntos para termos a liberdade retomada.

Bichos da Inglaterra, bichos da Irlanda,
Bichos daqui e acolá,
Ouçam bem e espalhem a novidade
De um tempo dourado que virá.

A canção levou os animais do celeiro à extrema excitação. Antes mesmo do Major ter encerrado, eles já começaram a cantar por contra própria. Até mesmo os bichos mais estúpidos conseguiram memorizar uma parte da melodia e dos versos; já os mais espertos, como os porcos e os cachorros, conseguiram cantar a canção inteiramente de memória em poucos minutos.

Então, após algumas tentativas preliminares, todos os animais cantarolaram "Bichos da Inglaterra" como se fossem um só. As vacas mugiram a melodia, os cachorros a ladraram, as ovelhas a baliram, os cavalos a relincharam, os patos a grasnaram. Todos ficaram tão encantados com a música que cantaram cinco vezes sem parar, do início ao fim — e poderiam ter continuado noite adentro, caso não tivessem sido interrompidos.

Infelizmente toda aquela balbúrdia acordou o sr. Jones, que pulou da cama certo de que havia uma raposa solta pela fazenda. Ele apanhou a espingarda (que estava sempre a postos num canto do quarto) e disparou um tiro de chumbo grosso na noite escura. O chumbo acabou acertando a parede do celeiro, e a reunião se encerrou de uma hora para outra. Cada animal correu rapidamente para o seu local de dormir. As aves saltaram para seus poleiros, os bichos se deitaram na palha e, rapidamente, toda a fazenda dormia.

CAPÍTULO 2

Depois de três noites, o velho Major veio a falecer. Sua passagem foi tranquila, durante o sono. Seu corpo foi enterrado perto do pomar.

Tudo aconteceu no início de março. Ao longo dos próximos três meses, houve uma intensa atividade secreta. O discurso do Major tinha dado aos animais mais inteligentes da fazenda uma perspectiva inteiramente nova acerca da vida. Eles não sabiam quando seria a Rebelião prevista pelo Major, e tampouco tinham qualquer razão para imaginar que ela ocorreria durante a geração deles, mas mesmo assim compreenderam claramente que era o dever deles iniciar a sua preparação.

A tarefa de instruir e organizar os animais recaiu naturalmente sobre os porcos, que eram reconhecidos como os animais mais espertos. Entre eles existiam dois líderes, dois porcos jovens chamados Bola de Neve e Napoleão, que o sr. Jones criava para vender (como reprodutores). Napoleão era um bichão grande de olhar feroz, o único porco da fazenda vindo do condado de Berkshire, não muito falante, mas com uma reputação de sempre fazer as coisas do seu modo. Bola de Neve era mais vivaz, comunicativo e inventivo do que Napoleão, no entanto não tinha a mesma consideração quanto à solidez de caráter.

Todos os outros porcos machos da fazenda eram castrados. Entre eles o mais conhecido era um porquinho gordo chamado Dedo-duro, de bochechas rechonchudas, olhos cintilantes, caminhar ligeiro e voz penetrante. Ele era um orador brilhante e, quando argumentava sobre um tema difícil, tinha o hábito de dar pulinhos de um lado para o outro e abanar o rabicho de uma forma um tanto persuasiva. Os porcos diziam que Dedo-duro era capaz de convencer qualquer um de que o preto era branco.

Esses três porcos organizaram os ensinamentos do velho Major num sistema de pensamento bastante completo, batizado de Animalismo. Muitas noites por semana, após o sr. Jones ter se recolhido para dormir, eles fizeram reuniões secretas no celeiro para expor aos demais os princípios do Animalismo. No início, eles esbarraram com muita ignorância e apatia. Alguns dos animais diziam que tinham um dever de lealdade com o sr. Jones, a quem eles chamavam de "dono" ou faziam comentários simplórios do tipo: "O sr. Jones nos alimenta. Se ele for embora, nós iremos morrer de fome". Outros faziam perguntas como: "Por que deveríamos nos preocupar com o que acontece depois da nossa morte?", ou ainda: "Se essa Rebelião vai estourar de um jeito ou de outro, que diferença faz se trabalhamos em prol dela ou não?"; e assim, os porcos tinham grande dificuldade em fazê-los compreender que essa postura ia contra o espírito do Animalismo. As perguntas mais estúpidas vinham sempre de Mollie, a égua branca. A primeira pergunta dela para a Bola de Neve foi:

— Ainda haverá açúcar após a Rebelião?

— Não — Bola de Neve respondeu com firmeza. — Nós não temos como produzir açúcar nesta fazenda. Além do mais, você não precisa do açúcar, você terá toda a aveia e o feno que quiser.

— E ainda será permitido que eu use fitas amarradas na minha crina? — perguntou Mollie.

— Camarada — disse Bola de Neve —, essas fitas que você tanto adora são as medalhas da servidão. Será que não percebe que a liberdade vale mais do que todas essas fitas?

Mollie acabava concordando, mas nunca parecia estar muito convencida.

Os três porcos travavam uma luta ainda mais árdua para neutralizar as mentiras espalhadas por Moisés, o corvo domesticado, que além de ser mascote do sr. Jones, era também espião e fofoqueiro; no entanto, era capaz de engatar conversas inteligentes. Ele afirmava ter conhecimento da existência de uma região misteriosa chamada de Montanha do Algodão Doce, para onde iam todos os animais após a morte. A Montanha se situava no alto do céu, um pouco acima das nuvens, segundo Moisés. Lá era domingo nos sete dias da semana, as melhores pastagens cresciam no campo o ano inteiro, e das cercas vivas era possível colher torrões de açúcar e bolos de linhaça. Os animais odiavam Moisés porque ele vivia contando histórias e nunca realmente trabalhava, porém alguns deles acabavam acreditando na Montanha do Algodão Doce, e os porcos eram obrigados a desmentir de forma contundente para convencer os animais de que não poderia existir esse lugar.

Os discípulos dos porcos mais fiéis eram os dois cavalos de tração, Cascudo e Margarida. Eles tinham enorme dificuldade para pensar qualquer coisa por si mesmos, mas, quando aceitaram os porcos como seus instrutores, passaram a absorver tudo que era transmitido e ainda conseguiam passar tudo para os outros animais por meio de uma linguagem mais simples. Ambos jamais faltavam às reuniões secretas no celeiro e sempre lideravam o coro da canção "Bichos da Inglaterra", que encerrava os encontros.

E, no final das contas, a Rebelião acabou estourando muito mais cedo do que qualquer um deles poderia imaginar.

No passado o sr. Jones havia sido um patrão duro, porém muito competente na lida da fazenda; ultimamente, no entanto, estava sendo descuidado. Ele perdeu boa parte do seu entusiasmo após precisar pagar um bom dinheiro pelo resultado de uma ação judicial, passando a beber muito além da conta. Por vezes passava dias inteiros recostado em sua cadeira de braços na cozinha, lendo os jornais, bebendo e às vezes dando a Moisés cascas de pão molhadas na cerveja. Seus funcionários eram preguiçosos e desonestos, o campo da fazenda estava coberto de erva daninha, os galpões necessitavam de reformas nos telhados, as cercas mal se mantinham de pé e os animais eram mal alimentados.

Veio junho e o feno estava quase pronto para ser colhido. Na véspera do solstício de verão, que caiu num sábado, o sr. Jones foi a Willingdon e ficou tão bêbado no Leão Vermelho que só conseguiu retornar para casa lá pelo meio-dia de domingo. Os homens ordenharam as vacas de manhã cedo e logo saíram para caçar lebres, sem se importarem em alimentar os animais. Quando o sr. Jones chegou, foi imediatamente para o sofá da sala e logo caiu no sono, com o *News of the World* [Notícias do Mundo] aberto sobre o próprio rosto.

Assim, ao cair da tarde, nenhum animal havia sido alimentado. Ora, todo esse descaso não poderia mais ser suportado: uma das vacas arrebentou a chifradas a porta do seu galpão, sendo acompanhada pelos outros animais. Foi exatamente aí que o sr. Jones acordou. Em seguida, ele e seus quatro homens chegaram à entrada do celeiro estalando os chicotes a torto e a direito, passando do limite suportável para aqueles animais famintos. Embora nada daquilo houvesse sido planejado, eles em conjunto se lançaram numa carga de ataque aos seus opressores. Jones e os seus homens se viram, de uma hora para outra, cercados e tomando coices de todos os lados. A situação estava totalmente fora do controle: nunca tinham visto os animais se comportando daquela forma, e a revolta súbita daquelas criaturas que eles estavam acostumados a surrar e a maltratar à vontade os encheu de pavor. Após alguns instantes, eles desistiram de tentar se defender de onde estavam e simplesmente deram no pé. Um minuto depois, os cincos homens podiam ser vistos correndo desesperadamente pela trilha que levava até a estrada — com os animais no encalço, triunfantes.

A mulher do sr. Jones olhou pela janela do quarto e, quando percebeu o ocorrido, juntou às pressas alguns pertences numa bolsa de pano e escapuliu da fazenda por outra trilha. Moisés pulou do seu poleiro e voou atrás dela, grasnando ruidosamente.

Enquanto isso, os animais haviam perseguido Jones e seus homens até os limites da fazenda e, logo que eles saíram, tomando o rumo da estrada, fecharam a porteira de cinco barras da entrada. E assim, praticamente antes de se darem conta do que se passava, a Rebelião foi feita com sucesso e a Fazenda do Solar era deles.

Durante os primeiros instantes, os animais mal podiam acreditar na sua sorte. O primeiro que fizeram foi galopar em torno dos limites da fazenda, para ter a certeza de que nenhum humano estava escondido em algum canto dela; então eles correram de volta às casas da fazenda e começaram a varrer do mapa os últimos vestígios do odioso reinado de Jones. Logo o galpão no fundo dos estábulos foi arrombado; nele eram guardadas as selas, argolas de focinho, correntes para cachorros e as facas com as quais o sr. Jones castrava os porcos e os cordeiros:

tudo foi prontamente atirado no fundo do poço. As rédeas, os cabrestos, os anteolhos e as degradantes focinheiras foram arremessadas na fogueira que ardia no pátio. O mesmo foi feito com os chicotes — nessa hora, todos os animais saltaram de alegria, celebrando aquela visão gloriosa. Bola de Neve também atirou no fogo as fitas que eram usadas para enfeitar as crinas e as caudas dos cavalos nos dias em que eles eram enviados à feira. Em seguida, ele disse:

— Tais fitas devem ser consideradas como parte de um vestuário, e as roupas são o símbolo do ser humano. Todos os animais devem andar nus.

Ao ouvir isso, Cascudo foi buscar o chapeuzinho de palha que costumava usar no verão para proteger suas orelhas das moscas e jogou no fogo junto com o resto.

Em pouquíssimo tempo, os animais haviam destruído tudo aquilo que fazia lembrar do sr. Jones. Então Napoleão conduziu os animais de volta ao celeiro e serviu a todos uma ração dupla de milho, com dois biscoitos para cada um deles. Em seguida, todos cantaram "Bichos da Inglaterra" do começo ao fim, sete vezes sem parar, e enfim se recolheram para dormir: foi o sono mais feliz de suas vidas.

Porém todos acordaram ao raiar do dia, como sempre faziam, e ao se lembrarem do evento glorioso da véspera, correram juntos para a pastagem. Um pouco mais adiante do pasto, havia uma colina de onde se podia observar quase toda a extensão da fazenda. Todos subiram nela e olharam em volta, sob a luz clara da manhã. Sim, era deles — tudo o que podiam enxergar era deles! Extasiados com tal percepção, deram diversas cambalhotas e saltaram no ar, cheios de alegria. Eles rolaram no orvalho, abocanharam a deliciosa grama do verão, arrancaram torrões de terra fértil e aspiraram o seu precioso aroma. Logo após, organizaram um circuito de inspeção em toda a fazenda e vistoriaram, com muda admiração, a lavoura, o campo de feno, o pomar, o lago e o bosque. Era como se nunca tivessem visto aquilo tudo, e eles ainda mal podiam crer que tudo pertencia a eles.

Depois retornaram para as casas da fazenda e se detiveram, em silêncio, na frente da porta da casa-grande. Até ela também pertencia a eles, mas ficaram com medo de entrar. No entanto, após alguns instantes, Bola de Neve e Napoleão forçaram a porta com os ombros e os animais adentraram o recinto em fila indiana, pata ante pata, com o maior cuidado para não derrubar ou desarrumar nada. Prosseguiram nas pontas das patas, sala por sala e quarto por quarto, sussurrando baixinho e admirando com certa reverência todo aquele luxo além da imaginação: as camas com seus colchões de penas, os espelhos adornados, o sofá feito com crina de cavalo, o tapete vindo de Bruxelas, a gravura da Rainha Vitória sobre a lareira da sala de estar.

Eles desciam as escadas quando deram pela falta de Mollie. Ao subirem de volta, descobriram que ela havia permanecido no quarto principal. Havia retirado um pedaço de fita azul da penteadeira da sra. Jones, e a segurava em torno do pescoço, admirando-se no espelho com trejeitos ridículos. Os outros a reprovaram rispidamente e foram embora dali. Alguns presuntos, pendurados na cozinha, foram levados e enterrados; o barril de cerveja da copa foi arrebentado com um coice de Cascudo; mas nada além disso foi tocado na mansão. Lá mesmo foi aprovada, por unanimidade, a resolução de que a casa-grande deveria ser conservada como um museu. Também concordaram em que nenhum animal deveria morar jamais nela.

Os animais tiveram seu café da manhã e, em seguida, foram novamente convocados por Bola de Neve e Napoleão.

— Camaradas — disse Bola de Neve —, são seis e meia, e ainda temos um longo dia pela frente. Hoje nós iniciaremos a colheita do feno. Antes, no entanto, há outro assunto de que devemos tratar.

Então os porcos revelaram que, durante os últimos três meses, haviam aprendido a ler e escrever por meio do estudo de um velho livro de ortografia que havia pertencido aos filhos do sr. Jones e fora descartado no lixo. Napoleão mandou buscar latas de tintas preta e branca e conduziu todos até a porteira das cinco barras, que dava passagem para a estrada principal. Em seguida, Bola de Neve (pois era ele quem escrevia melhor) segurou o pincel entre as juntas da pata, cobriu com a tinta o nome FAZENDA DO SOLAR na barra superior da porteira e, em seu lugar, escreveu FAZENDA DOS ANIMAIS, o nome daquele pedaço de terra de agora em diante.

Depois disso, todos voltaram para as casas da fazenda, onde Bola de Neve e Napoleão mandaram buscar uma escada e a colocaram recostada na parede ao fundo do grande celeiro. Eles explicaram que, ao longo dos seus estudos nos últimos três meses, conseguiram resumir os princípios do Animalismo em Sete Mandamentos. Estes Sete Mandamentos seriam agora inscritos naquela parede e formariam uma lei inalterável pela qual todos os animais da fazenda deveriam pautar suas vidas daqui para a frente.

Com alguma dificuldade (pois não é tão fácil para um porco se equilibrar numa escada daquelas), Bola de Neve subiu e começou a escrever, enquanto Dedo-duro segurava a lata de tinta alguns degraus abaixo. Os Mandamentos foram escritos na parede em grandes letras brancas que podiam ser lidas mesmo a uns trinta metros de distância. E eles diziam:

OS SETE MANDAMENTOS

1. O que quer que ande sobre duas pernas é um inimigo.
2. O que quer que ande sobre quatro pernas ou que tenha asas é um amigo.
3. Nenhum animal usará roupas.
4. Nenhum animal dormirá em camas.
5. Nenhum animal beberá álcool.
6. Nenhum animal matará outro animal.
7. Todos os animais são iguais.

Foi tudo muito bem escrito, com exceção da palavra "amigo", que foi escrita "amigu", e de um dos "s", que ficou invertido, o restante da ortografia estava totalmente correto. Bola de Neve prontamente leu o que havia escrito, para que todos pudessem entender. Todos os animais assentiram com as cabeças concordando, e os mais espertos começaram imediatamente a decorar os mandamentos.

—Agora, camaradas — disse Bola de Neve, jogando fora o pincel —, todos ao campo de feno! Que seja uma questão de honra colhermos o feno mais rápido do que Jones e seus homens fariam.

Mas neste momento, as três vacas, que já estavam irrequietas havia algum tempo, começaram a mugir alto. Fazia pelo menos vinte e quatro horas que elas não eram ordenhadas, e suas tetas estavam quase estourando de leite. Depois de refletirem um pouco sobre a situação, os porcos mandaram buscas baldes e ordenharam as vacas razoavelmente bem, uma vez que os seus cascos eram adaptados para aquele tipo de trabalho. Logo eles tinham cinco baldes de um leite espumante e cremoso, para os quais muitos dos animais olharam com um interesse considerável.

— O que será feito com todo esse leite? — perguntou alguém.

— Jones às vezes misturava um pouco dele ao nosso farelo — disse uma das galinhas.

— Deixem o leite para lá, camaradas! — exclamou Napoleão, se colocando à frente dos baldes. — Nós cuidaremos disso em seu devido tempo. Agora a colheita é o mais importante. O camarada Bola de Neve conduzirá a todos. Eu seguirei em alguns minutos. Avante, camaradas! O feno nos espera.

Assim os animais se dirigiram ao campo de feno para dar início à colheita e, quando retornaram à noitinha, perceberam que o leite havia desaparecido.

CAPÍTULO 3

Como suaram no trabalho para colher todo aquele feno! Mas os esforços foram recompensados, pois a colheita foi ainda maior do que todos esperavam.

E o trabalho foi especialmente duro: os utensílios foram criados pensando no uso humano, não pelos animais, que não conseguiam fazer uso de ferramentas que exigissem estarem de pé, apoiados sobre as patas traseiras. E isso, por si só, já era uma imensa desvantagem. Mas os porcos eram tão espertos que conseguiam pensar em soluções para cada dificuldade encontrada. Já os cavalos conheciam cada palmo do terreno e, de fato, sabiam como ceifar e arar com uma eficiência muito superior a Jones e seus homens.

Os porcos na realidade não trabalhavam na lida, mas dirigiam e supervisionavam o trabalho dos demais. Com o seu conhecimento superior, era natural que assumissem a liderança. Cascudo e Margarida se atrelavam à ceifadeira ou ao ancinho (nesses dias, é claro, rédeas e cabrestos já não eram mais necessários) e trotavam firmes ao longo do campo, para lá e para cá, com um porco vindo atrás deles e gritando "Eia, adiante camarada!" ou "Eia, de volta camarada!", conforme a necessidade.

E assim, cada animal, até o de capacidades mais modestas, trabalhou como foi possível para colher e juntar o feno. Até mesmo os patos e as galinhas trabalharam ciscando o dia todo sob o sol, carregando pequenos feixes de feno nos bicos. No final das contas, eles terminaram a colheita com dois dias de vantagem sobre o tempo frequente de Jones e seus funcionários. E assim foi a maior colheita vista em toda a história daquela fazenda. Tampouco houve desperdício: as galinhas e os patos, com suas vistas afiadas, juntaram até o menor talo de feno. E não houve nenhum animal que tivesse a coragem de furtar até mesmo uma bocada daquela colheita.

Ao longo de todo aquele verão, o trabalho na fazenda correu tão organizado quanto os ponteiros de um relógio. Os animais estavam felizes como jamais imaginaram ser possível. Cada porção de comida dava um prazer imenso, uma vez que agora era realmente deles: produzida por eles e para eles, em vez de ser distribuída por um dono cheio da má vontade. Com os humanos parasitas e inúteis fora da jogada, havia mais comida para ser repartida entre os animais. Também houve mais ócio e tempo livre, embora eles fossem inexperientes nisso.

Eles encontraram muitas dificuldades — por exemplo, no fim daquele ano, quando colheram os cereais, tiveram de pisoteá-los, à moda antiga, e a soprar as cascas, pois a fazenda não tinha uma debulhadeira —, mas os porcos, com sua esperteza, e Cascudo, com seus músculos incríveis, sempre davam um jeito de resolver os problemas. Cascudo, aliás, era admirado por todos: já trabalhava duro nos tempos de Jones, mas agora valia por três cavalos. De fato, houve dias quando todo o trabalho na fazenda parecia ser sustentado em seu poderoso lombo. Da alvorada até a noitinha, lá estava ele arrastando e empurrando, sempre no local onde o trabalho se fazia mais pesado. Ele chegou a fazer um trato com um dos galos para que fosse acordado todas as manhãs meia hora mais cedo e usava esse tempo para cuidar de qualquer trabalho voluntário que fosse necessário, antes do início da lida diária. A sua resposta para cada problema ou contratempo era: "Trabalharei ainda mais!" — o que ele adotou como um mote pessoal.

Mas todos trabalhavam de acordo com sua capacidade. As galinhas e os patos, por exemplo, salvaram cinco baldes de trigo na colheita, catando e juntando todos os grãos extraviados. Ninguém roubava comida, ninguém reclamava da sua parte nas rações. Assim a discórdia, as mordidas e o ciúme, comuns nos velhos tempos, tinham praticamente desaparecido. Ninguém fugia do trabalho — ou quase ninguém. É verdade que Mollie não tinha nenhuma simpatia por acordar cedo e sempre dava um jeitinho de abandonar o trabalho antes dos demais — alegando, por exemplo, estar com uma pedra encravada em seu casco.

Também o comportamento da gata era um tanto peculiar. Logo notaram que ela nunca era encontrada quando havia trabalho a fazer. Ela sumia por horas a fio e voltava bem na hora das refeições ou à tardinha, após o fim da jornada, como se nada tivesse acontecido. Mas ela sempre dava desculpas bem convincentes para sua ausência e ronronava de forma tão afetuosa que era impossível duvidar das suas boas intenções.

Já o velho Benjamim, o burro, não mudou nada após a Rebelião. Executava as suas tarefas da mesma forma obstinadamente lenta como nos tempos de Jones, nunca se esquivando do trabalho diário, tampouco se voluntariando para cumprir horas extras. Sobre a Rebelião e seus resultados, jamais dava qualquer opinião. Quando era perguntado se não estava mais feliz, agora que Jones havia sumido, ele apenas respondia: "Os burros vivem muito tempo. Nenhum de vocês já viu um burro morto", e os outros eram obrigados a se contentar com essa resposta enigmática.

Aos domingos não havia trabalho. O café da manhã era uma hora mais tarde que o habitual e depois era a hora de uma cerimônia que ocorria semanalmente, sem falta, que se iniciava com o hasteamento da bandeira. Bola de Neve tinha achado, no depósito, uma velha toalha verde de mesa da sra. Jones, e pintou os símbolos de um chifre e um casco na cor branca. Era essa bandeira que eles subiam ao topo do mastro no jardim da casa-grande todos os domingos pela manhã. Conforme explicou Bola de Neve, o verde da bandeira representava os verdes campos da Inglaterra e o chifre e o casco simbolizavam a futura República dos Animais, que surgiria quando a raça humana fosse finalmente derrubada.

Após o hasteamento da bandeira, todos os animais se dirigiam ao grande celeiro para participar de uma assembleia geral que era conhecida como a Reunião. Nela o trabalho da semana a começar era planejado e as resoluções eram postas à mesa e debatidas. E cabia sempre aos porcos propor as resoluções. Os outros animais até entendiam o processo de votação, mas jamais conseguiam pensar em alguma resolução por conta própria.

Bola de Neve e Napoleão eram os mais ativos nos debates. No entanto, todos puderam notar que eles nunca estavam em acordo: qualquer sugestão dada por um deles podia contar, por certo, com a oposição do outro. Mesmo quando decidiu — uma coisa que ninguém poderia se opor — reservar o pequeno cercado além do pomar como residência para os animais aposentados, houve um intenso debate sobre a idade de aposentadoria para cada classe de animal. A Reunião sempre se encerrava com todos cantando "Bichos da Inglaterra", e a tarde dominical era inteiramente destinada à recreação.

Os porcos reservaram o depósito de ferramentas como a sede para onde direcionavam tudo. Lá eles usavam o fim do dia para estudar forjaria, carpintaria e outras artes que julgavam necessárias, usando dos livros que foram retirados da casa-grande. Bola de Neve também se ocupava da organização dos outros animais, que ele chamou de Comitês de Animais. Nisso ele era incansável: criou o Comitê da Produção de Ovos para as galinhas, a Liga das Caudas Limpas para as vacas, o Comitê de Reeducação dos Camaradas Selvagens (cujo objetivo era domesticar os ratos e os coelhos), o Movimento pela Lã Mais Branca, destinado às ovelhas, e vários outros, além de instituir cursos para que a leitura e a escrita fossem ensinadas a todos.

De uma maneira geral, esses projetos foram um fracasso. A tentativa de domesticar os bichos selvagens, por exemplo, logo foi por água abaixo: eles continuaram a se comportar quase que da mesma forma de antes, e quando eram tratados com generosidade, simplesmente tiravam vantagem da situação. A gata se juntou ao Comitê de Reeducação e, por algum tempo, se tornou muito ativa. Um dia, no entanto, ela foi vista sentada num telhado, tentando doutrinar alguns pardais que pousaram um pouco além do seu alcance, dizendo que agora todos os animais eram camaradas, e qualquer pardal que desejasse poderia se aproximar e se empoleirar na sua pata; mas os pardais acharam melhor manter distância.

Os cursos de leitura e escrita, pelo contrário, foram um grande sucesso. No outono, quase todo animal da fazenda estava de alguma forma alfabetizado, uns mais do que outros.

Os porcos sabiam ler e escrever com perfeição. Os cachorros aprenderam a ler muito bem, mas não se interessavam por ler nada além dos

Sete Mandamentos. Muriel, a cabra, conseguia ler um pouco melhor do que os cães; e por vezes, ao final do dia, lia pedaços de jornais velhos para os demais. Benjamim sabia ler tão bem quanto os porcos, mas nunca exercia sua faculdade. Até onde sabia, ele dizia, não existia nada que valesse a pena ler. Margarida aprendeu o alfabeto inteiro, mas não conseguia juntar as letras umas com as outras. Cascudo não conseguiu passar da letra D. Ele riscava na terra com seu grande casco: A, B, C, D — e então ficava olhando, com as orelhas caídas, às vezes sacudindo o topete, tentando com todas as suas forças se lembrar da letra seguinte, sem sucesso. É verdade que em diversas ocasiões ele aprendeu E, F, G e H, mas ao conseguir tal feito, ele sempre descobria que havia esquecido A, B, C e D. Enfim, decidiu se contentar com as quatro primeiras letras e costumava traçá-las uma ou duas vezes por dia, a fim de refrescar a memória. Mollie se recusou a aprender mais do que as seis letras que formavam o seu nome. Ela as escrevia bem certinhas no chão, usando pedaços de galhos secos, e decorava as letras com uma ou duas flores — depois ficava andando em volta, admirando sua arte.

Nenhum dos outros animais da fazenda chegou além da letra A. Também se percebeu que aqueles mais estúpidos, como as ovelhas, as galinhas e os patos, eram incapazes de aprender de cor os Sete Mandamentos. Após muito refletir, Bola de Neve declarou que, na verdade, os Sete Mandamentos poderiam ser resumidos numa única máxima:

— Quatro pernas bom, duas pernas ruim.

Ali estava contido, dizia ele, o princípio essencial do Animalismo. Quem quer que o adotasse com firmeza estaria a salvo das influências humanas. A princípio os pássaros discordaram, já que parecia que eles também tinham duas pernas, mas Bola de Neve os convenceu de que não era o caso:

— A asa de um pássaro, camaradas, é um órgão de propulsão, e não de manipulação. Assim ela deve ser considerada como uma perna. A marca que distingue o homem é a MÃO, o instrumento pelo qual ele pratica toda a sua maldade.

Nenhum pássaro chegou a compreender de fato o que Bola de Neve quis dizer, mas aceitaram a sua explicação; e assim, todos os animais de inteligência mais modesta passaram a dedicar-se a aprender de cor a nova máxima.

QUATRO PERNAS BOM, DUAS PERNAS RUIM foi escrito na parede ao fundo do celeiro, acima dos Sete Mandamentos, com letras ainda maiores. Assim que conseguiram decorar, as ovelhas logo tornaram-se extremamente ligadas a tal máxima: quando se deitavam no campo, todas começavam a balir "Quatro pernas bom, duas pernas ruim! Quatro pernas bom, duas pernas ruim!" — isso se seguia por horas e horas, elas nunca se cansavam de repetir.

Napoleão não demonstrou interesse pelos comitês de Bola de Neve. Ele afirmou que a educação dos mais jovens era mais importante do que qualquer coisa que pudesse ser passada aos que já haviam crescido.

Então ocorreu que Jessie e Bluebell deram cria logo após a colheita do feno, dando à luz nove robustos cãezinhos. Assim que eles foram desmamados, Napoleão afastou os filhotes das suas mães, dizendo que ele próprio se encarregaria da sua educação. Ele os levou para um sótão que só podia ser alcançado por uma escada do depósito, mantendo reclusos de forma que o restante da fazenda se esqueceu da existência deles.

O mistério sobre o paradeiro do leite foi logo esclarecido. Ele era misturado, todos os dias, à ração dos porcos. As maçãs já estavam amadurecendo, e a grama do pomar estava coberta de frutas derrubadas pelo vento. Os animais presumiram que elas seriam distribuídas igualmente entre eles; um dia, entretanto, surgiu a ordem para que todas as frutas caídas fossem recolhidas e encaminhadas ao depósito das ferramentas, para o consumo dos porcos. Alguns animais chegaram a murmurar reclamações, mas não deu em nada. Os porcos estavam em pleno acordo sobre esse ponto (até mesmo Bola de Neve e Napoleão concordaram em alguma coisa). Dedo-duro foi o encarregado de dar as explicações necessárias aos demais:

— Camaradas! Espero que nenhum de vocês imagine que nós porcos agimos assim por um espírito de egoísmo e privilégio. Muitos de nós sequer somos afeitos ao leite e às maçãs. Eu mesmo não gosto. Nosso único objetivo ao tomar essas coisas é preservar a saúde. O leite e a maçã (isso foi provado pela Ciência, camaradas) contêm substâncias absolutamente necessárias ao bem-estar dos porcos. Afinal nós somos trabalhadores intelectuais. Toda a direção e organização dessa fazenda dependem de nós. Dia e noite nós estamos cuidando para que tudo corra bem a vocês. Portanto, é pensando em VOCÊS que bebemos aquele leite e comemos aquelas maçãs. Vocês por acaso sabem o que aconteceria se nós porcos falhássemos com nosso dever? Jones voltaria! Sim, Jones voltaria! Certamente voltaria, camaradas — gritou Dedo-duro, quase em súplica, dando saltinhos de um lado para o outro e agitando o rabicho. — Por certo nenhum de vocês quer ver Jones de volta a esta fazenda.

Bem, e se havia uma coisa sobre a qual todos os animais estavam de completo acordo, é a de que ninguém queria a volta de Jones. Quando o tema foi colocado à mesa, não tiveram mais nada a dizer. Ficou óbvia a importância de manter a boa saúde dos porcos. Assim ficou decidido, sem mais discussões, que o leite e as maçãs caídas (bem como toda a colheita de maçãs, uma vez amadurecidas) deveriam ser reservados exclusivamente aos porcos.

CAPÍTULO 4

Lá pelo final do verão, a notícia do que havia ocorrido na Fazenda dos Animais já havia se espalhado por metade do condado. Todos os dias, Bola de Neve e Napoleão enviavam pombos com instruções para se misturarem aos animais das fazendas e fazendas vizinhas, para contar a história da Rebelião e para ensinar a cantar "Bichos da Inglaterra".

Na maior parte do tempo, o sr. Jones havia estado na taverna do Leão Vermelho, em Willingdon, se queixando, a quem quer que tivesse interesse de ouvi-lo, sobre a monstruosa injustiça que havia sofrido ao ser expulso da sua própria propriedade por uma turba de animais imprestáveis. A princípio, os demais fazendeiros simpatizaram com sua causa, mas de início não lhe deram lá muita ajuda. No fundo, cada um deles secretamente imaginava se havia alguma forma de tirar proveito do infortúnio ao qual Jones fora acometido. Para a sorte dos animais, as duas propriedades que faziam divisa com a fazenda eram administradas por dois fazendeiros que sempre estiveram em pé de guerra um com o outro.

Uma delas, chamada Foxwood, era uma fazenda grande, negligenciada e antiquada, com campos cheios de mato e cercas em péssimas condições. O seu proprietário, o sr. Pilkington, era um fazendeiro gentil e boa gente, mas passava a maior parte do seu tempo caçando ou pescando a depender da estação. A outra, uma fazenda conhecida como Pinchfield, era menor e mais bem cuidada. O seu dono era o sr. Frederick, um homem rude e perspicaz, sempre envolvido em disputas judiciais, com a reputação de geralmente levar a melhor, mesmo nos acordos mais difíceis. Os dois se odiavam tanto que era muito difícil que chegassem a qualquer tipo de acordo, mesmo em defesa dos seus próprios interesses.

Em todo caso, ambos estavam bastante assustados com a rebelião na Fazenda dos Animais, preocupados com qualquer possibilidade dos seus próprios animais tomarem conhecimento mais aprofundado do ocorrido. De início, fingiram achar graça da ideia de que animais pudessem administrar uma fazenda por conta própria. A coisa toda estaria arruinada numa quinzena, diziam. Eles espalharam falsos boatos de que os animais da Fazenda do Solar (eles insistiam em usar o nome antigo, pois não podiam tolerar o título "Fazenda dos Animais") estavam sempre lutando entre si e se encaminhavam rapidamente para morrer de fome.

Quando o tempo passou e os animais evidentemente não morreram de fome, Frederick e Pilkington mudaram sua abordagem e passaram a falar das terríveis perversidades que vinham surgindo na Fazenda dos Animais. Foi dito que os animais estavam praticando canibalismo, torturando uns aos outros com ferraduras em brasa e dividindo suas fêmeas entre eles. Era esse o resultado de se rebelar contra as leis da Natureza, diziam Frederick e Pilkington.

No entanto, ninguém nunca realmente acreditou totalmente em tais histórias. Rumores de uma bela fazenda, onde os seres humanos foram expulsos e os animais cuidavam dos seus próprios negócios, continuavam a circular de forma vaga e distorcida, e durante aquele ano uma onda de rebeliões varreu a região inteira. Touros que sempre foram mansos se enfureceram de forma repentina, ovelhas atropelaram cercados para pastarem do outro lado, vacas passaram a dar coices nos baldes à espera do leite, os cavalos de montaria refugavam diante das cercas e, ao invés de saltá-las, arremessavam seus cavaleiros perigosamente ao chão. Acima de tudo, a melodia e até mesmo a letra de "Bichos da Inglaterra" eram agora conhecidas por toda parte. Elas se espalharam com uma velocidade espantosa.

Os humanos não se aguentavam de raiva quando ouviam essa canção, ainda que a desdenhassem como algo puramente ridículo. Não dava para entender, diziam eles, como alguém, mesmo um animal, poderia cantar aquele lixo. Dessa forma, qualquer animal que fosse pego cantando a canção seria imediatamente açoitado, mas mesmo assim não era possível controlar. Os melros a cantarolavam do topo das cercas, os pombos prosseguiam pelas árvores... Até que os humanos passaram a ouvir o seu ritmo nas marteladas dos ferreiros e no toque dos sinos das igrejas — e, em seu interior, eles tremiam de medo, acreditando se tratar de alguma espécie de profecia de uma desgraça futura.

No início de outubro, quando o trigo já havia sido colhido, ajuntado e, em parte, debulhado, uma revoada de pombos veio girando pelo céu e pousou no pátio da Fazenda dos Animais. Eles estavam apavorados: Jones e todos os seus homens, com mais meia dúzia vindos de Foxwood e Pinchfield, entraram pela porteira das cinco barras e subiram pela trilha que dava até o restante da propriedade. Todos eles carregavam pedaços de pau, exceto Jones, que liderava os invasores empunhando uma espingarda. Obviamente se tratava de uma tentativa de reconquistar a fazenda.

Isso já era esperado há um bom tempo, e todos os preparativos já haviam sido feitos. Bola de Neve, que tinha estudado um velho livro sobre as campanhas militares de Júlio César, achado na casa-grande, era o encarregado das operações de defesa. Ele foi rápido em dar as ordens, de modo que em poucos minutos cada animal já havia assumido o seu posto.

Assim que os humanos se aproximaram das construções da fazenda, Bola de Neve lançou seu primeiro ataque. Todos os pombos, que somavam trinta e cinco aves, investiram contra os homens em voos rasantes alternados, defecando verdadeiras bombas de cocô sobre suas cabeças. E, enquanto os homens tentavam se proteger do ataque, os gansos, que estavam escondidos atrás das cercas, avançaram em carga sobre eles, bicando ferozmente suas pernas. No entanto, isso era apenas uma manobra de distração, destinada a criar confusão, de modo que os homens não tiveram dificuldades em espantar os gansos com seus porretes.

Então Bola de Neve lançou a segunda leva de ataque. Muriel, Benjamim e todas as ovelhas, com o próprio Bola de Neve à frente, avançaram sobre os invasores e os espetaram e escoicearam por todos os lados, enquanto Benjamim deu a volta pela retaguarda e os atacou com seus pequenos cascos. No entanto, mais uma vez os homens provaram ser mais fortes, com seus porretes e botas grossas; e de repente, com um guincho de Bola de Neve, sinal para bater em retirada, todos os animais deram meia-volta e fugiram em direção ao portão que dava ao pátio.

Os homens gritaram em triunfo. Viam, como foi imaginado, os seus inimigos em fuga, e logo se lançaram no encalço deles de forma descuidada.

Era justamente isso que Bola de Neve havia planejado. Assim que todos entraram no pátio, os três cavalos, as três vacas e o restante dos porcos, que estavam entocados no estábulo, atacaram subitamente pelas costas, espalhando o grupo. Nesse momento Bola de Neve deu o sinal para mais uma carga. Ele mesmo correu em direção a Jones, que o viu, mirou sua arma e atirou. As balas abriram cortes sangrentos no dorso de Bola de Neve e acertaram em cheio uma ovelha, que caiu morta. Sem hesitar um instante, Bola de Neve lançou os seus cem quilos contra as pernas de Jones, que caiu sobre um monte de esterco, fazendo com que a sua espingarda voasse das mãos.

Porém, em todo aquele combate, o espetáculo mais terrível coube a Cascudo: erguendo suas patas traseiras e dando coices ferozes com seus enormes cascos ferrados, feito um garanhão, logo em seu primeiro golpe atingiu o crânio de um jovem cavalariço de Foxwood, que tombou sem ação na lama. Diante de tal pavorosa visão, vários dos homens largaram seus porretes e tentaram fugir. O pânico havia tomado conta deles e, no momento seguinte, todos os animais juntos os caçavam dando voltas pelo pátio. Os homens foram chifrados, escoiceados, mordidos e atropelados. Não houve um animal da fazenda que não aproveitou a oportunidade de se vingar deles, cada um à sua maneira.

Até a gata saltou de repente de um telhado, caindo nos ombros de um dos peões e, em seguida, cravando as unhas no seu pescoço, arrancando um pavoroso urro de dor. Em dado momento, quando a passagem estava aberta, os homens se deram por satisfeitos em sair do pátio e fugir em debandada rumo à estrada. E assim, após cerca de cinco minutos da tentativa de invasão, os homens eram obrigados a bater em retirada vergonhosamente pelo mesmo caminho que chegaram, com um bando de gansos no seu encalço, bicando suas pernas pelo caminho.

Todos os homens haviam fugido, exceto um. Ainda lá no pátio, Cascudo tentava virar, com sua pata, o cavalariço que jazia de bruços com o rosto na lama. Mas ele não se mexia.

— Ele está morto — disse Cascudo, inconsolável. — Eu não tinha intenção de fazer isso. Me esqueci completamente de que estava de ferraduras. Quem poderá acreditar que não fiz isso de propósito?

— Deixe de sentimentalismo, camarada! — gritou Bola de Neve, com o sangue de seus ferimentos ainda escorrendo pelo corpo. — Guerra é guerra: humano bom é humano morto.

— Eu nunca quis tirar uma vida, nem mesmo de um ser humano — repetia Cascudo, com os olhos cheios de lágrimas.

— Onde está Mollie? — alguém perguntou.

De fato, Mollie havia sumido. Por um momento, houve grande alarme. Os animais temiam que os homens a tivessem ferido de alguma forma ou sequestrado. No fim das contas, no entanto, ela foi achada em sua própria cocheira, com a cabeça enterrada no feno da manjedoura. Ela fugiu e se escondeu ali assim que houve o primeiro tiro de espingarda.

Quando todos voltaram ao pátio, logo perceberam que o cavalariço na verdade havia somente desmaiado com o coice de Cascudo. Ele havia se recobrado e debandado do local.

Então os animais voltaram a se reunir, cheios de entusiasmo, e cada um deles narrou em voz alta as suas próprias façanhas na batalha recém-encerrada. E ali mesmo, inteiramente de improviso, foi feita uma celebração da vitória. A bandeira foi novamente hasteada, e cantaram "Bichos da Inglaterra" incontáveis vezes. Em seguida, foi realizado um funeral solene para a ovelha morta, sendo plantado em seu túmulo um ramo de espinheiro, onde Bola de Neve fez um pequeno discurso, enfatizando a necessidade de todos os animais estarem prontos para morrer, defendendo a Fazenda dos Animais caso fosse preciso.

Os animais decidiram por unanimidade criar uma condecoração militar, intitulada "Herói Animal, Primeira Classe", que foi conferida ali mesmo a Bola de Neve e Cascudo. Era uma medalha de latão (na realidade, retirada dos arreios para cavalos encontrados no galpão de ferramentas) que deveria ser usada aos domingos e feriados. Também foi criada a "Herói Animal, Segunda Classe", conferida postumamente à ovelha morta.

Houve muito debate sobre qual deveria ser o nome a ser dado à batalha. Por fim, decidiram chamá-la Batalha do Estábulo, já que foi ali que se armou a emboscada. A espingarda do sr. Jones foi achada na lama, e eles sabiam que havia uma boa quantidade de cartuchos guardados na casa-grande. Ficou decidido que a arma seria deixada ao pé do mastro, como uma peça de artilharia, e seria usada duas vezes por ano — um tiro no dia 12 de outubro, o aniversário da Batalha do Estábulo, e outro tiro no solstício de verão, quando aconteceu a Rebelião.

CAPÍTULO 5

Assim que veio o inverno, Mollie se tornou cada vez mais problemática. Todas as manhãs, ela se atrasava para o trabalho, dizendo que dormiu demais e perdeu a hora; além disso, vivia se queixando de dores misteriosas, muito embora o seu apetite continuasse excelente. Por qualquer pretexto, ela abandonava o trabalho e se dirigia até o açude, onde permanecia como uma tonta admirando o próprio reflexo no espelho d'água. Mas também havia rumores de maior gravidade. Um dia, quando Mollie entrou no pátio, toda alegre, balançando sua longa cauda e mascando um talo de feno, Margarida a chamou para uma conversa a sós. Ela disse:

— Mollie, eu tenho algo muito sério para te dizer. Hoje pela manhã eu te vi olhando por cima do cercado que separa a nossa fazenda de Foxwood. Ora, do outro lado, havia um dos homens do sr. Pilkington. E ele, eu estava bem distante, mas tenho quase certeza de que foi o que vi, falava contigo e fazia um carinho no seu focinho, com a sua permissão. O que isso significa, Mollie?

— Ele não fez! Eu não estava! Isso não é verdade! — gritou Mollie, se agitando e batendo com os cascos no chão.

— Mollie! Olhe nos meus olhos. Você me dá a sua palavra de honra de que aquele homem não acariciava o seu focinho?

— Não é verdade! — repetiu Mollie, mas ela era incapaz de encarar os olhos de Margarida. Em seguida se virou e galopou para longe, em direção ao campo.

Então Margarida teve uma ideia. Sem dizer nada aos demais, dirigiu-se a cocheira de Mollie e revirou a palha com o seu casco. Escondidos debaixo da palha estavam um montinho de torrões de açúcar e um bolo de fitas de diversas cores.

Três dias depois, Mollie simplesmente desapareceu. Durante algumas semanas, nada se soube sobre o seu paradeiro, até que os pombos reportaram que ela havia sido encontrada do outro lado de Willingdon. Segundo os relatos, ela estava atrelada a uma bela charrete vermelha e preta, que se encontrava estacionada ao lado de uma taverna. Um homem gordo de face avermelhada, vestindo calças xadrez e calçando galochas, que parecia ser o dono do bar, acariciava o seu focinho e dava torrões de açúcar a ela. O pelo dela havia sido tosado recentemente, e uma fita escarlate adornava o seu topete. Segundo os pombos, ela parecia estar bem satisfeita onde se encontrava. Nenhum dos animais da fazenda jamais mencionou novamente o nome de Mollie.

Em janeiro, o tempo ficou horrível. A terra estava dura como ferro, e nada podia ser plantado no campo. Houve diversas reuniões no grande celeiro, e os porcos se ocupavam em planejar os trabalhos da estação seguinte. Tinha ficado acertado que os porcos, que eram claramente mais espertos que os demais animais, deveriam decidir todas as questões relacionadas com a política agrícola da fazenda, muito embora as suas decisões ainda precisassem ser confirmadas pelo voto da maioria. Tal acerto teria funcionado satisfatoriamente, não fossem as disputas entre Bola de Neve e Napoleão, que discordavam em cada ponto no qual era possível haver discordância. Se um deles sugerisse que deveria aumentar a área de plantio da cevada, era certo que o outro iria demandar o aumento do espaço para o cultivo de aveia. E se um afirmasse que tal lote era ideal para se plantar repolhos, o outro diria que o mesmo terreno só serviria para os nabos.

Cada um dos dois tinha os seus próprios seguidores e, por vezes, ocorriam debates violentos. Nas reuniões, Bola de Neve usualmente convencia a maioria por conta dos seus discursos brilhantes, entretanto Napoleão tinha mais habilidade de cultivar o apoio às suas ideias nos intervalos entre uma e outra reunião. Ele era especialmente bem-sucedido em conseguir o apoio das ovelhas. Ultimamente, inclusive, elas haviam criado o hábito de balir "Quatro pernas bom, duas pernas ruim" em qualquer ocasião, e era comum chegarem a interromper as reuniões dessa forma. Foi notado que elas costumavam recorrer ao "Quatro pernas bom, duas pernas ruim" em momentos cruciais dos discursos de Bola de Neve.

Bola de Neve fez um estudo minucioso de algumas edições antigas da revista *O Agricultor e o Criador de Gado*, que ele encontrou na casa-grande, e sua mente estava cheia de planos para inovações e melhoramentos na fazenda. Assim ele falava com um bom entendimento sobre drenagens, ensilagem, manejo de resíduos etc. Além disso, ele havia trabalhado num projeto complexo por meio do qual todos os animais evacuariam diretamente no campo, em pontos diferentes a cada dia, para economizar no trabalho do transporte do esterco. Napoleão, por outro lado, não fazia projetos próprios; apenas afirmava, com toda tranquilidade, que as ideias de Bola de Neve não dariam em nada — ele parecia aguardar a sua vez de propor as coisas. De todas as controvérsias entre eles, no entanto, nenhuma foi tão grave quanto a que envolveu o moinho de vento.

Ao longo do pasto, não muito distante das construções da fazenda, havia uma pequena colina que era o ponto mais elevado da propriedade. Depois de pesquisar as características do solo, Bola de Neve declarou que aquele era o local ideal para um moinho de vento, que poderia ser construído para acionar um dínamo e suprir toda a fazenda com energia elétrica. Com isso, as cocheiras teriam luz e aquecimento no inverno, e ainda seria possível operar uma serra circular (que poderia fazer a moagem de cereais e o corte da beterraba para forragem) e a própria ordenha do leite por meio de um sistema próprio.

Ora, antes os animais nunca tinham ouvido falar dessas coisas (uma vez que a fazenda era antiquada, equipada com as tecnologias mais primitivas), de modo que escutavam admirados enquanto Bola de Neve evocava a imagem de máquinas fantásticas que fariam todo o trabalho em seu lugar, enquanto eles poderiam descansar pelo campo ou cultivar suas mentes com a leitura e a conversação.

Em poucas semanas, o projeto de Bola de Neve para a construção do moinho de vento já estava inteiramente finalizado. A maior parte dos detalhes mecânicos foram extraídos de três livros que pertenciam ao sr. Jones — *Mil Coisas Úteis para se Fazer na Casa*, *Seja o seu Próprio Pedreiro* e *Eletricidade para Leigos*. Bola de Neve usou como estúdio um galpão que fora usado para guardar as incubadoras e tinha um piso de madeira lisa, próprio para se desenhar em cima. Ele ficava lá, enclausurado por horas a fio, com seus livros abertos com a ajuda de uma pedra e uma barra de giz, que segurava entre as duas pontas do casco. Ele se movimentava para lá e para cá, desenhando linha após linha e soltando pequenos guinchos de entusiasmo.

Gradualmente os seus planos foram se transformando numa massa complexa de manivelas e engrenagens. Os desenhos já cobriam mais da metade do piso, e embora não entendessem absolutamente nada, os demais animais achavam tudo aquilo muito impressionante. Ao menos uma vez por dia, cada um deles vinha observar a obra de Bola de Neve. Até mesmo as galinhas e os patos apareciam, pisando com todo o cuidado para não apagar sem querer alguma marca de giz. Somente Napoleão se manteve indiferente. Desde o início da ideia, ele havia se declarado contra a construção do moinho de vento. Um dia, no entanto, ele apareceu sem aviso para examinar o projeto. Caminhou pesadamente em torno do galpão, analisou minuciosamente cada detalhe dos desenhos, se pôs a farejá-los uma ou duas vezes e, enfim, se deteve a contemplá-los por algum tempo de canto de olho. Então, de repente, ele levantou uma das patas e urinou sobre o projeto, saindo em seguida, sem dizer uma palavra.

A fazenda toda estava profundamente dividida quanto à questão do moinho de vento. Bola de Neve não negava que a sua construção seria uma tarefa difícil. Eles teriam de carregar e empilhar as pedras para formar as paredes, depois construir as pás e, por fim, precisariam usar dínamos e fios (como seriam achados, Bola de Neve não dizia). Mas ele mantinha a promessa de que tudo poderia ser finalizado dentro de um ano. E depois, ele dizia, muito trabalho seria poupado, e os animais só teriam a necessidade de trabalhar três dias por semana.

Napoleão, por outro lado, argumentava que a necessidade mais urgente naquele momento era aumentar a produção de alimentos: se todos perdessem o seu tempo na tentativa de construir aquele moinho de vento, eles morreriam de fome. Assim os animais se dividiram em duas facções. Uma delas com o slogan "Vote em Bola de Neve e na semana de três dias", e a outra defendendo o "Vote em Napoleão e na manjedoura cheia". Benjamim foi o único animal que se absteve de tomar partido.

Ele se recusava a acreditar tanto na possibilidade de haver fartura de alimentos quanto na ideia de que aquele moinho de vento de fato economizaria o trabalho na fazenda. Com ou sem moinho, ele dizia, a vida seguiria como sempre seguiu, isto é, mal.

Além das disputas em relação ao moinho de vento, havia a questão da defesa da fazenda. Eles sabiam perfeitamente que, embora os humanos tivessem sido derrotados na Batalha do Estábulo, eles ainda poderiam tentar mais uma vez, de uma forma mais determinada, reconquistar a propriedade e restaurar o sr. Jones no comando. Cada vez mais havia razão para se pensar nessa possibilidade, uma vez que notícias da derrota já haviam se espalhado por toda a região, tornando os animais das fazendas vizinhas mais rebeldes do que nunca.

Mas, como era usual, Bola de Neve e Napoleão não estavam de acordo. Segundo Napoleão, o que os animais da fazenda deveriam fazer é conseguir armas de fogo e aprender a atirar com elas. Já Bola de Neve achava que eles deveriam enviar mais e mais pombos para ajudar a provocar rebeliões animais nas outras fazendas. O primeiro argumentava que, se eles não conseguissem defender a sua propriedade, estariam destinados a ser depostos; o outro defendia o argumento de que, se as rebeliões estourassem em toda a região, eles não precisariam mais se preocupar com a defesa da fazenda. Os animais ouviam primeiro Napoleão, depois Bola de Neve e não conseguiam decidir qual deles tinha razão; de fato, eles sempre acabavam concordando com quem discursava no momento.

Enfim chegou o dia em que o projeto de Bola de Neve foi concluído. Na reunião do domingo seguinte, deveria ser colocado em votação se a construção seria ou não iniciada. Quando os animais se reuniram no grande celeiro, Bola de Neve se levantou e, embora fosse ocasionalmente interrompido pelo balido das ovelhas, expôs as suas razões em defesa da construção do moinho de vento. Em seguida, foi a vez de Napoleão se levantar para contra-argumentar: ele disse, com toda a calma, que aquele moinho não fazia nenhum sentido, não aconselhando ninguém a votar pela sua construção. Então voltou a se sentar; ele discursou por não mais do que trinta segundos, parecendo quase indiferente ao resultado da sua fala.

Diante de tal cena, Bola de Neve tornou a levantar e, bradando mais alto que o balido das ovelhas, iniciou um discurso apaixonado em defesa do seu moinho. Até esse momento os animais pareciam estar igualmente divididos, mas num instante a eloquência de Bola de Neve arrastou a maioria para o seu lado: com frases brilhantes, ele trouxe a imagem de como seria a Fazenda dos Animais quando todo o trabalho pesado fosse retirado das suas costas. Agora a sua imaginação voava para além da moagem de cereais e de cortar nabos. A eletricidade, ele disse, iria operar debulhadoras, arados, ancinhos, rolos compressores, ceifeiras e atadeiras, além de proporcionar a cada cocheira sua própria luz, com água quente ou fria e um aquecedor elétrico.

Quando ele parou de falar, já não havia mais dúvidas sobre qual lado venceria a votação. Mas, justamente nesse momento, Napoleão se levantou e, olhando para Bola de Neve, soltou um guincho estridente que ninguém ouvira antes.

Houve um terrível som de latidos vindos de fora, e nove cães enormes, usando coleiras cravejadas de bronze, invadiram aos saltos a entrada do celeiro. Eles correram diretamente para Bola de Neve, que mal teve tempo de pular do local onde estava antes de ser alvo das suas mordidas. No instante seguinte, ele já estava fugindo pela porta com os cães no seu encalço. Bastante espantados e intimidados para falar, os animais se amontoaram na entrada, tentando observar aquela perseguição.

Bola de Neve fugia rapidamente pelo campo que levava para a estrada, para fora da propriedade. Ele corria como só um porco sabe correr, mas os cães vinham logo atrás. De repente ele escorregou, e parecia certo que eles o alcançariam. No entanto logo se levantou, fugindo mais rápido do que nunca, mas ainda assim seus perseguidores conseguiam ganhar terreno. Um deles quase conseguiu fechar a bocarra no rabicho de Bola de Neve, mas ele conseguiu escapar. Então ele fez um esforço ainda maior e, ganhando um curto espaço sobre os demais, deslizou por um buraco na cerca e não foi mais visto.

Em silêncio, apavorados, os animais retornaram para dentro do celeiro. Logo vieram também os cães. De imediato, ninguém conseguia imaginar de onde teriam vindo aquelas criaturas, mas o mistério foi logo resolvido: eles eram os cachorrinhos que Napoleão havia afastado das mães e criado em segredo. Embora ainda não fossem exatamente adultos, já eram imensos e tinham um ar de ferocidade que lembrava uma matilha de lobos selvagens. Eles se posicionaram em volta de Napoleão, e notou-se que eles balançavam os rabos para ele da mesma forma que outros cachorros antigamente faziam para o sr. Jones.

Napoleão, com os cães o acompanhando, subiu na mesma posição elevada do estrado de onde o velho Major havia feito o seu memorável discurso. Ele anunciou que daquele momento em diante as reuniões matinais aos domingos seriam encerradas. Segundo ele explicou, elas eram desnecessárias, uma verdadeira perda de tempo. No futuro, todas as questões referentes ao funcionamento da fazenda seriam resolvidas por um comitê especial de porcos presidido por ele. Eles iriam se reunir em privado e depois comunicar as suas decisões aos demais. Os animais continuariam a se reunir nas manhãs dominicais, mas somente para saudar a bandeira, cantar "Bichos da Inglaterra" e receber as ordens para a semana seguinte; no entanto, já não haveria mais debates.

Apesar do estado de choque de todos com a expulsão repentina de Bola de Neve, os animais pareciam abalados com o que fora comunicado. Muitos teriam até protestado, se conseguissem achar os argumentos necessários. Até mesmo Cascudo ficou um pouco incomodado. Ele inclinou as orelhas para trás, sacudiu diversas vezes o topete e fez um esforço imenso para tentar pôr em ordem as próprias ideias, mas, no fim das contas, não conseguiu pensar em nada de útil para dizer.

Alguns dos porcos, entretanto, eram mais articulados. Quatro porcos jovens que estavam na primeira fila soltaram gritos agudos de protesto; todos eles se levantaram, tentando falar ao mesmo tempo. Mas, de repente, os cães ao lado de Napoleão soltaram rosnados graves e ameaçadores, e os porcos silenciaram imediatamente, voltando a se sentar. Daí as ovelhas iniciaram a balir, cada vez mais alto, "Quatro pernas bom, duas pernas ruim" —, durante cerca de quinze minutos, encerrando qualquer possibilidade de uma nova discussão.

Mais tarde, Dedo-duro recebeu a missão de percorrer toda a fazenda, explicando a nova situação aos outros:

— Camaradas, eu acredito que cada um de vocês tem consideração pelo sacrifício feito pelo Camarada Napoleão ao tomar para si mais essa dose de trabalho. Não pensem, camaradas, que a liderança é um prazer! Pelo contrário: trata-se de uma profunda e pesada responsabilidade. Ninguém crê com mais empenho do que o Camarada Napoleão que todos os animais sejam iguais. Ele estaria muito satisfeito em deixar que todos vocês tomassem as decisões por si mesmos. Mas, às vezes, vocês poderiam tomar decisões erradas, camaradas; e, então, onde iríamos parar? Suponhamos que vocês tivessem optado por seguir Bola de Neve, com suas fantasias de moinhos de vento. Logo Bola de Neve que, como agora sabemos, não passa de um criminoso.

— Ele lutou bravamente na Batalha do Estábulo — alguém disse.

— Só a bravura não basta — disse Dedo-duro. — A lealdade e a obediência são mais importantes. E, quanto à Batalha do Estábulo, eu creio que chegará o tempo quando descobriremos que o papel de Bola de Neve foi um tanto exagerado. Disciplina, camaradas, disciplina inquebrantável! É esse o lema para os nossos dias. Um passo em falso, e os nossos inimigos estarão sobre nós. Por certo, camaradas, nenhum de vocês quer ver Jones de volta ou quer?

Várias vezes tal argumento encerrava a questão. Certamente os animais não queriam Jones de volta, e, se a realização dos debates nas manhãs de domingo pudessem precipitar o seu retorno, era melhor que eles acabassem mesmo. Cascudo, que havia conseguido organizar melhor as ideias, expressou o sentimento geral dizendo: "Se é isso o que diz o Camarada Napoleão, deve estar correto". E dali em diante ele adotou a máxima: "Napoleão está sempre certo", adicionando ao seu lema particular "Trabalharei ainda mais".

Enfim o tempo melhorou, e o arado da primavera foi iniciado. O galpão onde Bola de Neve havia desenhado seu projeto para o moinho de vento foi trancado, e todos assumiram que os seus desenhos haviam sido apagados do chão. Todo domingo, às dez da manhã, os animais se reuniam no grande celeiro para receber as ordens da semana. A caveira do velho Major, já sem resquícios de carne, havia sido desenterrada do pomar e colocada sobre um toco ao pé do mastro, ao lado da espingarda. Após o hasteamento da bandeira, os animais eram obrigados a se enfileirar e, um por um, reverenciar a caveira do Major para só então poderem entrar no celeiro.

Eles já não sentavam todos juntos como era no passado. Napoleão, Dedo-duro e outro porco chamado Mínimo, que tinha um notável talento para compor canções e poemas, sentavam na frente da plataforma elevada, com os nove jovens cães formando um semicírculo ao seu redor, e os demais porcos atrás. O restante dos animais se sentava de frente para eles, na parte central do celeiro. Napoleão lia as ordens da semana num rude estilo militar e, após todos cantarem "Bichos da Inglaterra" uma única vez, todos se dispersavam para os seus afazeres.

No terceiro domingo após a expulsão de Bola de Neve, os animais ficaram relativamente surpresos ao ouvir da boca de Napoleão que o moinho de vento, no fim das contas, seria construído. Ele não deu nenhuma explicação para a sua mudança de ideia, apenas alertou aos animais para o fato de que essa tarefa extra significaria um trabalho muito duro, podendo até mesmo ser necessário que as suas rações fossem reduzidas. O projeto, no entanto, estava totalmente pronto até o último detalhe. Um comitê especial de porcos trabalhou nele durante as últimas três semanas. A construção do moinho de vento, com diversos outros melhoramentos, deveria levar dois anos.

Naquela tarde, Dedo-duro conversou em particular com os demais animais e explicou que Napoleão na realidade nunca se opôs à ideia do moinho. Pelo contrário, ele é quem havia defendido desde o início, e o projeto que Bola de Neve havia desenhado no chão do galpão das incubadoras fora, na verdade, surrupiado dos papéis de Napoleão. Assim o moinho de vento era uma criação do próprio Napoleão.

Por que, então, alguém perguntou, ele se opôs à construção do moinho de forma tão contundente? Nesse momento Dedo-duro pareceu bem astuto: aí é que estava a esperteza do Camarada Napoleão, disse ele. Ele FINGIU ser contra a construção do moinho de vento, simplesmente como uma manobra para poder se livrar de Bola de Neve, que tinha um caráter perigoso e era uma má influência a todos. Agora que Bola de Neve estava fora do caminho, o projeto poderia seguir em diante sem a sua interferência. Isso, disse Dedo-duro, era o que se chamava de tática.

Ele repetiu várias vezes: "Tática, camaradas, tática!", saltando para lá e para cá e balançando o rabicho, com um sorriso nos lábios. Os animais não estavam tão certos disso, do significado daquela palavra, mas Dedo-duro falava de forma tão persuasiva, e os três cães (que por acaso estavam junto com ele) rosnavam de forma tão ameaçadora, que todos aceitaram a explicação sem mais questionamentos.

CAPÍTULO 6

Durante todo aquele ano os animais trabalharam como se fossem escravos. Mas estavam felizes com seu trabalho: eles não mediam esforço ou sacrifício, cientes de que tudo o que realizavam era para o benefício deles próprios ou das suas próximas gerações, e não para um bando de seres humanos inúteis e aproveitadores.

Ao longo da primavera e do verão, eles trabalharam cerca de sessenta horas por semana, e Napoleão, em agosto, anunciou que haveria trabalho também nas tardes de domingo, estritamente voluntário, mas qualquer animal que não trabalhasse teria as suas rações reduzidas pela metade. Ainda assim, não houve tempo para tudo o que tinha de ser feito. A colheita foi um pouco menor do que no ano anterior, e dois campos que deveriam receber nabos no início do verão acabaram não sendo arados a tempo. Assim, era possível prever que o próximo inverno seria duro.

A construção do moinho de vento apresentou dificuldades não previstas. Dentro da propriedade havia uma boa pedreira de calcário, e uma grande quantidade de areia e cimento foi achada num dos depósitos, de modo que todos os materiais necessários para a obra estavam à mão. Mas o problema foi que os animais a princípio não conseguiram resolver como quebrariam as pedras no tamanho específico. Não parecia haver outra maneira além do uso de picaretas e pés de cabra, mas nenhum animal poderia fazer, uma vez que não conseguiam ficar de pé sobre duas patas. Após semanas de esforços inúteis, alguém teve a ideia certa: valer-se da força da gravidade.

Pedregulhos imensos, grandes demais para serem utilizados inteiros, se encontravam espalhados por toda a pedreira. Então animais amarraram cordas em torno deles e, todos juntos, vacas, cavalos, ovelhas e qualquer um que pudesse segurar uma corda — até mesmo os porcos se juntaram em momentos mais críticos —, arrastavam essas grandes pedras com uma lentidão desesperadora até o declive no topo da pedreira e elas eram derrubadas para serem despedaçadas lá embaixo. Ora, era bem mais simples transportar as pedras em pedaços menores, após terem sido quebradas dessa forma. Os cavalos as carregavam em carroças, as ovelhas arrastavam bloco por bloco e até mesmo Muriel e Benjamim se atrelaram a uma velha charrete e fizeram sua parte. Quando terminou o verão, haviam acumulado o estoque de pedras suficiente e, então, teve início a construção sob a superintendência dos porcos.

No entanto todo o processo era lento e demasiadamente trabalhoso. Frequentemente eles precisavam de um dia inteiro para arrastar um único pedregulho até o topo da pedreira; e, às vezes, mesmo após ele ter sido derrubado, simplesmente não se despedaçava. Nada teria sido alcançado sem Cascudo, cuja força parecia se equivaler à de todos os demais animais juntos. Quando o pedregulho começava a escorregar e os animais gritavam desesperados pelo perigo de serem arrastados morro abaixo, era sempre Cascudo que segurava a corda com todas as suas forças e mantinha a pedra em seu lugar.

Observar Cascudo trabalhando, arrastando todo aquele peso palmo por palmo, com a respiração acelerada, os cascos cravados no solo (igual a garras) e o lombo encharcado de suor era algo que enchia a todos de admiração. Margarida por vezes o alertava para que tivesse cuidado e não se esforçasse demais, mas Cascudo nunca lhe dava ouvidos. Suas duas máximas, "Trabalharei ainda mais" e "Napoleão está sempre certo", pareciam ser a resposta suficiente para todos os problemas. Ele fez um novo acordo com os galos, de modo que passassem a acordá-lo quarenta e cinco minutos mais cedo em vez de meia hora. E, nos seus momentos de folga, cada vez mais raros nos últimos tempos, ele se dirigia sozinho até a pedreira, juntava um bocado de pedras quebradas e, sem a ajuda de mais ninguém, arrastava todas até o local da construção do moinho de vento.

Os animais não passaram por tantos apertos ao longo daquele verão apesar do trabalho duro. Caso não tivessem mais comida do que nos tempos de Jones, pelo menos não tinham menos. A vantagem de só terem a si próprios para alimentar, sem a necessidade de suportar a gula de cinco seres humanos, era tão grande que muitas falhas no plantio podiam ser compensadas. E em muitos aspectos o método animal de tocar a fazenda era mais eficiente e menos trabalhoso. Tarefas como, por exemplo, a limpeza das ervas daninhas podiam ser realizadas com um nível de perfeição impossível para os humanos. E, vale lembrar novamente, como nenhum animal roubava comida, não havia a necessidade de separar as terras de pasto das terras aráveis, evitando bastante trabalho na construção e na manutenção de cercas e porteiras.

Em todo caso, à medida que o verão passava, diversos imprevistos ocorriam e a escassez de itens importantes começou. Faltava óleo de parafina, pregos, corda, biscoitos para cachorro e ferro para as ferraduras, e nada disso podia ser produzido na fazenda. Mais tarde também chegaram a faltar sementes e adubo artificial, além de diversas ferramentas e, finalmente, a maquinaria necessária para o moinho de vento. Como tudo isso seria obtido, ninguém conseguia imaginar.

Na manhã de um domingo, quando os animais se reuniram para receber suas ordens, Napoleão anunciou que ele havia decidido implementar uma nova política. De agora em diante, a Fazenda dos Animais passaria a fazer comércio com as fazendas vizinhas: sem propósito de obtenção de lucro, claro, mas simplesmente para a aquisição de certos materiais que eram urgentes. As exigências do moinho de vento estavam acima de tudo, ele disse. Por conta disso, ele estava negociando a venda de uma boa quantidade de feno e de parte da colheita de trigo daquele ano; e, mais tarde, caso mais dinheiro fosse necessário, ele teria de vir da venda de ovos no mercado em Willingdon. As galinhas, disse Napoleão, deveriam encarar de boa vontade esse sacrifício, como uma contribuição especial para a construção do moinho de vento.

Mais uma vez se passou uma inquietude na mente dos animais. Nunca ter contato com seres humanos, nunca se envolver com comércio, jamais fazer uso de dinheiro — não eram as primeiras resoluções defendidas naquela triunfante reunião ocorrida logo após a expulsão de Jones? Todos os animais se lembravam da aprovação de tais resoluções — ou ao menos eles julgavam se lembrar. Os quatro jovens porcos que haviam protestado quando Napoleão aboliu as reuniões levantaram suas vozes de forma tímida, mas logo foram silenciados pelo rosnado ameaçador dos cães. Então, como sempre faziam, as ovelhas voltaram a bradar "Quatro pernas bom, duas pernas ruim!", e o constrangimento momentâneo foi abafado.

Finalmente Napoleão levantou a pata pedindo silêncio e anunciou que já havia tomado todas as providências. Assim não haveria necessidade de qualquer animal da fazenda ter contato com seres humanos, claramente algo da maior inconveniência. Ele tinha a intenção de carregar todo o peso do processo sobre os próprios ombros, sozinho. Um certo sr. Whymper, um procurador de Willingdon, havia concordado em atuar como intermediário entre a Fazenda dos Animais e o mundo externo e visitaria a fazenda todas as segundas-feiras para receber suas instruções. Napoleão encerrou o discurso com o seu brado usual de "Vida longa à Fazenda dos Animais!" e, após todos cantarem "Bichos da Inglaterra", os animais foram dispensados.

Depois Dedo-duro tratou de circular pela fazenda para tranquilizar os ânimos de todos. Ele assegurou que a resolução contra o envolvimento no comércio e o uso de dinheiro nunca havia sido passada e nem mesmo sugerida. Tratava-se de pura imaginação, provavelmente tendo origem nas mentiras que Bola de Neve fazia circular entre eles. Alguns animais ainda estavam em dúvida quanto à questão, mas Dedo-duro, astuto como sempre, perguntou a eles:

— Vocês estão certos de que isso não veio de algum sonho, camaradas? Vocês por acaso possuem qualquer registro de tal resolução? Algo que esteja escrito em algum lugar?

E, como era fato que nada havia sido registrado por escrito, os animais ficaram satisfeitos e assumiram que estavam mesmo enganados.

Toda segunda-feira, o sr. Whymper visitava a fazenda conforme havia sido acertado. Era um homenzinho de ar ardiloso e costeletas peculiares, um procurador com poucos clientes, porém esperto o suficiente para ter percebido, antes de todos, que a Fazenda dos Animais logo teria a necessidade de um representante comercial, e que as comissões seriam bem razoáveis.

Os animais o observavam chegar e sair com um certo receio e tentavam evitar cruzar o seu caminho tanto quanto fosse possível. Em todo caso, a visão que tinham de Napoleão, com as quatro patas no chão, dando ordens a Whymper, que se sustentava em duas pernas, era algo que lhes causava orgulho e em parte os reconciliava com aquela nova situação. As relações deles com a raça humana não eram como antes. Entretanto os humanos não odiavam menos a Fazenda dos Animais agora que ela vinha prosperando; eles a odiavam mais do que nunca. Todo ser humano tinha como artigo de fé que a fazenda iria à falência mais cedo ou mais tarde; e, sobretudo, que o moinho de vento seria um fracasso. Eles se reuniam nas tavernas e provavam uns aos outros, usando ilustrações e diagramas, que o moinho estava condenado a desabar ou, caso se mantivesse de pé, jamais iria funcionar.

Ainda assim, mesmo contra a própria vontade, eles desenvolveram um certo respeito pela eficiência com a qual os animais estavam tocando o seu negócio. Um dos sinais foi o fato de terem começado a chamar a Fazenda dos Animais pelo seu devido nome, desistindo de fingir que ela ainda se chamava Fazenda do Solar. Eles também haviam perdido as esperanças em relação a Jones, que já tinha desistido de reconquistar a sua propriedade, e foi viver noutra parte daquela região. Exceto por intermédio de Whymper, ainda não havia nenhum contato entre a Fazenda dos Animais e o mundo externo, mas surgiam constantes rumores de que Napoleão estava prestes a chegar a um acordo decisivo de negócios, às vezes com o sr. Pilkington, de Foxwood, noutras com o sr. Frederick, de Pinchfield — mas nunca, era interessante notar, com ambos ao mesmo tempo.

Foi por volta dessa época que os porcos, de repente, se mudaram para a casa-grande e fixaram sua residência por lá. Mais uma vez, os animais julgaram se lembrar de que alguma resolução contra isso havia sido aprovada nos dias iniciais, e novamente Dedo-duro conseguiu convencê-los de que não era esse o caso. Era absolutamente necessário, ele disse, que os porcos, que eram os cérebros da fazenda, tivessem um lugar quieto e tranquilo para trabalhar. Além disso, era mais adequado à dignidade do Líder (nos últimos tempos eles deram para se referir a Napoleão sob o título de "Líder") viver numa casa do que num mero chiqueiro. Em todo caso, alguns dos animais ficaram bem aborrecidos quando ouviram que os porcos não só faziam suas refeições na cozinha e usavam a sala como local de recreação, mas ainda por cima dormiam nas camas. Cascudo se livrou da questão, como era de costume, com o seu mantra: "Napoleão está sempre certo", mas Margarida, que achava que se lembrava de uma regra específica contra o uso de camas, dirigiu-se ao fundo do celeiro e tentou decifrar os Sete Mandamentos que se encontravam escritos na parede. Percebendo que era incapaz de ler mais do que algumas letras separadamente, foi pedir ajuda a Muriel:

— Muriel, leia para mim o Quarto Mandamento. Ele não diz algo sobre jamais dormir numa cama?

Com alguma dificuldade, Muriel soletrou o que estava escrito:

— Ele diz que "Nenhum animal dormirá em camas com lençóis".

Que curioso! Margarida não se lembrava de haver uma menção a "lençóis" no Quarto Mandamento; mas, se estava escrito na parede, deveria haver. E Dedo-duro, que por acaso passava por ali naquele momento, acompanhado por dois ou três cães, foi capaz de colocar toda a questão em uma perspectiva adequada:

— Então vocês ouviram dizer, camaradas, que nós porcos agora dormimos nas camas da casa-grande? E por que não? Vocês não acreditaram certamente que algum dia existiu uma lei contra camas, não é? Uma cama é tão somente um lugar para se dormir em cima. Um monte de palha numa cocheira é uma cama se formos analisar a fundo. A lei era contra os lençóis, que são uma invenção humana. Nós removemos os lençóis de todas as camas da casa-grande e dormimos entre cobertores. Agora, as camas são confortáveis, não se pode negar! Mas não mais confortáveis do que necessitamos, isso eu posso lhes afirmar, camaradas, com todo o trabalho mental que assumimos nos últimos tempos. Vocês não seriam capazes de nos privar de nosso repouso, seriam, meus camaradas? Não desejariam que ficássemos tão cansados que já não pudéssemos mais cumprir nossos deveres, não é verdade? Por certo nenhum de vocês quer ver Jones de volta ou quer?

Os animais imediatamente garantiram que não, não queriam ver Jones de volta, e assim não se falou mais uma palavra sobre os porcos dormirem nas camas da casa-grande. E quando foi anunciado, poucos dias depois, que os porcos passariam a acordar uma hora mais tarde que os demais animais da fazenda, ninguém se queixou disso também.

Quando veio o outono, os animais estavam cansados, porém felizes. Eles haviam atravessado um ano duro e, após a venda de parte do feno e do trigo, os estoques de alimento para o inverno não estavam muito cheios, mas o moinho de vento compensava tudo. Sua construção já estava praticamente pela metade. Após a colheita houve um período de tempo bom, e os animais trabalharam mais pesado do que nunca, cada vez mais satisfeitos em passar o dia todo puxando e arrastando blocos de pedra para lá e para cá, porque conseguiam ver os muros do moinho crescendo mais alguns centímetros.

Cascudo chegava a trabalhar sozinho de noite, por uma ou duas horas, somente sob a luz da Lua. Nos seus momentos de folga, os animais passeavam em torno do moinho ainda inacabado, admirando a solidez e a altura de suas paredes, maravilhados com o fato de terem conseguido construir algo tão imponente. Somente o velho Benjamim se recusava a se entusiasmar com o moinho; muito embora, como era usual, ele não dissesse nada além do comentário enigmático de que os burros vivem por um longo tempo.

Novembro chegou e com ele fortes ventos do sudoeste. A construção do moinho teve de ser interrompida, pois o clima estava úmido demais para se misturar o cimento. Finalmente houve uma noite em que o vendaval estava tão violento que as construções da fazenda tremeram em suas fundações, e diversas telhas foram arrancadas do teto do celeiro. As galinhas acordaram cacarejando aterrorizadas, todas elas haviam sonhado simultaneamente com um barulho de tiro a distância.

Na manhã seguinte, os animais saíram de suas cocheiras e logo perceberam que o mastro com a bandeira havia sido derrubado; além disso, uma árvore nas cercanias do pomar foi arrancada do solo como se fosse um mero rabanete. Eles mal haviam notado o ocorrido quando um grito desesperado irrompeu pela garganta de cada um dos animais — os seus olhos foram confrontados com uma visão terrível: o moinho de vento estava em ruínas.

O grupo inteiro correu junto até o local. Napoleão, que poucas vezes se movia mais rápido do que a sua passada habitual, zuniu à frente de todos. Sim, lá estava ele, o fruto de todos os seus esforços, reduzido ao nível dos alicerces; com as pedras, que foram quebradas e carregadas com tanto suor, agora espalhadas por toda parte. A princípio incapazes de falar, eles somente se detiveram ali, contemplando com tristeza todo aquele caos de pedras pelo chão. Napoleão andava para cá e para lá em silêncio, ocasionalmente farejando o terreno. Seu rabicho se esticou e passou a sacudir freneticamente de um lado para o outro, dando um sinal de que ele estava em intensa atividade mental. De repente ele parou no lugar, como se a sua mente tivesse chegado a uma conclusão. Com toda a calma, ele falou:

— Camaradas, vocês sabem quem é o responsável por isso? Vocês sabem quem é o inimigo que, pela calada da noite, veio destruir o nosso moinho? BOLA DE NEVE!

Rugiu, de repente, com uma voz de trovão, e prosseguiu:

— Bola de Neve foi o responsável por isso! Com pura maldade, buscando atrasar nossos planos e se vingar da sua vergonhosa expulsão, esse traidor rastejou até aqui sob o manto da noite e destruiu o trabalho de quase um ano. Camaradas, aqui e agora eu anuncio a sentença de morte de Bola de Neve. Uma condecoração "Herói Animal, Segunda Classe" e meio balde de maçãs a qualquer animal que for capaz de fazer justiça. Um balde inteiro a quem quer que consiga capturá-lo vivo!

Os animais ficaram chocados em saber que Bola de Neve, mesmo sendo quem era, pudesse ser capaz de um ato daqueles. Houve gritos de indignação, e todos começaram a pensar em planos para capturar Bola de Neve, caso um dia ele ousasse pôr os pés novamente na fazenda. Quase ao mesmo tempo, as pegadas de um porco foram descobertas nas proximidades da colina. Elas só podiam ser seguidas por alguns metros, mas aparentavam conduzir até um buraco na cerca em torno da propriedade. Napoleão as farejou profundamente e, então, afirmou que eram de Bola de Neve. Na sua opinião, ele provavelmente tinha vindo pela Fazenda Foxwood. Após terminar de examinar as pegadas, ele bradou a todos:

— Não percamos mais tempo, camaradas! Há muito trabalho a fazer. Nesta mesma manhã, nós iniciaremos a reconstrução do moinho de vento e trabalharemos nela por todo o inverno, faça chuva ou faça sol. Nós ensinaremos a esse traidor miserável que ele não pode arruinar nosso trabalho tão facilmente. Lembrem-se, camaradas, não pode haver nenhuma alteração em nossos planos: eles serão cumpridos à risca. À frente, camaradas! Vida longa ao moinho de vento! Vida longa à Fazenda dos Animais!

CAPÍTULO 7

Foi um inverno implacável. As tempestades eram acompanhadas por granizo, neve e então pelo gelo, que não cedeu até meados de fevereiro. Os animais fizeram o melhor para reconstruir o moinho de vento, sabendo que o mundo externo estava a observar, e que os seres humanos, invejosos que eram, celebrariam em triunfo caso o moinho não fosse concluído a tempo.

Apesar de tudo, os homens diziam não acreditar que foi Bola de Neve o responsável pela destruição do moinho de vento: eles afirmavam que desabou porque suas paredes eram finas demais. Os animais sabiam que isso não era verdade. Em todo caso, decidiram que dessa vez os muros seriam erguidos com noventa centímetros de grossura em vez de quarenta e cinco, como foram inicialmente construídos — o que, é claro, envolveria carregar quantidades bem maiores de pedra.

Por um grande período, a pedreira esteve coberta de neve, e nada podia ser feito. Algum progresso pôde ser realizado no clima seco e gelado que se seguiu, mas era um trabalho cruel, e os animais já não eram mais capazes de realizá-lo com a mesma esperança de antes. Afinal de contas, eles estavam sempre com frio e também geralmente esfomeados. Apenas Cascudo e Margarida nunca perdiam o entusiasmo. Dedo-duro fazia excelentes discursos sobre a alegria do trabalho e como ele dignificava o animal, mas eles encontravam mais inspiração na força de Cascudo e no seu lema infalível: "Trabalharei ainda mais!".

Em janeiro, a comida já não dava para todos. A ração de milho foi reduzida drasticamente, e foi anunciado que uma ração extra de batata seria entregue como compensação. Daí se descobriu que a maior parte da colheita de batatas estava congelada nos campos, porque não foram cobertos contra o frio de forma adequada. As batatas tinham se tornado moles e sem cor, só algumas estavam em condições de serem consumidas. Por vários dias, os animais não tinham nada para comer além de palha e alguns nabos. O fantasma da fome parecia encará-los frente a frente.

Era essencial ocultar o fato do mundo externo. Encorajados pelo desmoronamento do moinho de vento, os seres humanos estavam inventando novas mentiras sobre a Fazenda dos Animais. Uma vez mais se dizia que os animais estavam morrendo, acometidos pela fome e por doenças. Também surgiram novos boatos de que eles estariam em conflito permanente uns com os outros, talvez descambando para o canibalismo e o infanticídio. Ora, Napoleão sabia muito bem dos maus resultados que poderiam vir no caso da real situação ser descoberta lá fora, e decidiu empregar o sr. Whymper para propagar a impressão oposta.

Até então os animais tiveram muito pouco contato com Whymper em suas visitas semanais: agora, no entanto, alguns animais escolhidos, a maioria ovelhas, foram instruídos para comentar casualmente, ao alcance dos seus ouvidos, que as rações na realidade tinham sido aumentadas. Além disso, Napoleão ordenou que os silos quase vazios do armazém fossem preenchidos de areia até a boca e completados com uma pequena camada de grãos e farinha grossa. Então, sob um pretexto qualquer, Whymper foi conduzido para o armazém, de modo a poder observar o estado dos silos. Como ele foi ludibriado, continuou a reportar ao mundo externo que não havia em absoluto escassez de comida na Fazenda dos Animais.

De qualquer maneira, lá pelo final de janeiro, tornou-se óbvio que seria necessário conseguir mais cereais em algum lugar. Naqueles dias, Napoleão raramente aparecia em público e passava todo o tempo na casa-grande, que era vigiada por um cachorro mal-encarado em cada uma das entradas. Quando voltou a aparecer, foi para participar de uma cerimônia, escoltado bem de perto por seis cães, que rosnavam para qualquer um que tentasse se aproximar. Muitas vezes ele não dava o ar da graça sequer aos domingos de manhã, enviando suas ordens por intermédio de algum outro porco, geralmente Dedo-duro.

Numa manhã de domingo, Dedo-duro anunciou que as galinhas deveriam entregar os novos ovos que elas mal haviam começado a pôr. Napoleão tinha assinado, por intermédio de Whymper, um contrato para o fornecimento de quatrocentos ovos por semana. O rendimento da venda seria usado para comprar a quantidade necessária de cereais e de farinha para manter o funcionamento da fazenda até o verão, quando as condições climáticas deveriam melhorar.

Quando as galinhas souberam disso, ouviu-se um terrível cacarejo pela propriedade. Elas já tinham sido avisadas de que tal sacrifício poderia eventualmente se tornar necessário, mas não acreditaram que esse dia realmente chegaria. Elas tinham acabado de preparar as ninhadas de ovos para a chocagem da primavera e protestaram, afirmando que o confisco dos ovos, naquele momento, seria o mesmo que assassinato. Assim, pela primeira vez desde a expulsão de Jones, ocorria algo que se parecia com uma rebelião.

Lideradas por três jovens frangas minorcas negras, as galinhas conclamaram uma ação direta para contrariar os planos de Napoleão. O método delas foi voar até as traves internas do telhado e pôr os ovos de lá, que então se despedaçavam no chão. Napoleão, por sua vez, reagiu de forma rápida e implacável. Ordenou que a ração das galinhas fosse interrompida e declarou que qualquer animal que fosse pego dando a elas um grão sequer de alimento seria punido com a morte. Os cães cuidavam de fiscalizar a execução da ordem. Por cinco dias as galinhas resistiram, depois se renderam e retornaram aos seus respectivos ninhos. Nove delas haviam morrido, e seus corpos foram enterrados no pomar, sendo divulgado que a causa das suas mortes tinha sido a coccidiose (doença aviária causada por um protozoário). Nada do que ocorreu chegou aos ouvidos de Whymper, e os ovos foram entregues devidamente no dia combinado — uma van vinha buscá-los toda semana.

Enquanto tudo isso se passava, Bola de Neve nunca mais foi visto. Havia rumores de que ele estaria entocado numa das fazendas vizinhas, Foxwood ou Pinchfield. Nesse tempo, Napoleão já tinha relações um pouco melhores com os proprietários da vizinhança. Ocorre que havia no pátio pilhas de madeira que foram estocadas há cerca de uma década, por conta da derrubada de um pequeno bosque de faias. Como a madeira já estava ficando deteriorada, Whymper aconselhou que Napoleão colocasse à venda; tanto o sr. Pilkington quanto o sr. Frederick ansiavam comprá-la. Napoleão, no entanto, não conseguia decidir com quem deveria fazer o negócio. Notou-se que, sempre que parecia ter chegado a um acordo com Frederick, surgia um boato de que Bola de Neve se escondia em Foxwood, e quando havia uma inclinação à venda da madeira para Pilkington, vinha o rumor de que Bola de Neve na verdade estava em Pinchfield.

De repente, no início da primavera, foi descoberto uma notícia alarmante. Bola de Neve estava frequentando secretamente a fazenda à noite! Os animais ficaram tão perturbados que mal conseguiam dormir nas cocheiras. Segundo diziam, toda noite ele vinha se esgueirando pela escuridão e fazia todo tipo de maldade. Roubava o milho, entornava os baldes de leite, quebrava os ovos, pisoteava os viveiros de sementes e roía a casca das árvores frutíferas. Assim, sempre que algo errado ocorria, era comum atribuir a culpa a Bola de Neve. Caso uma janela aparecesse quebrada ou um dreno ficasse entupido, alguém dizia estar certo de que Bola de Neve tinha aparecido à noite e feito o estrago. E, quando a chave do depósito foi perdida, toda a fazenda se convenceu de que Bola de Neve tinha jogado no fundo do poço. Curiosamente tal crença se manteve, mesmo após a chave perdida ter sido encontrada debaixo de um saco de farinha. As vacas foram unânimes em declarar que Bola de Neve havia invadido suas cocheiras e as tinha ordenhado durante o sono. Os ratos, que foram um incômodo naquele inverno, acabaram sendo tachados como aliados de Bola de Neve.

Napoleão decretou que deveria haver uma ampla investigação sobre as atividades de Bola de Neve. Acompanhado por seus cães, ele fez uma inspeção minuciosa em todas as construções da fazenda, com os demais animais atrás a uma distância respeitosa. A cada poucos passos, Napoleão parava e farejava o chão em busca das pegadas de Bola de Neve, cuja passagem, segundo ele, podia ser detectada pelo seu olfato apurado. Assim ele farejou cada canto da propriedade, no celeiro, no estábulo, nos galinheiros, na horta, encontrando vestígios da passagem de Bola de Neve por quase toda parte. Ele encostava o focinho no chão, dava diversas fungadas profundas e exclamava num tom terrível: "Bola de Neve! Ele esteve aqui! Posso sentir o seu cheiro!". E, ao ouvirem a palavra "Bola de Neve", todos os cães davam rosnados sanguinários, abrindo a boca e mostrando alguns dentes.

Os animais estavam completamente aterrorizados. Para eles, era como se Bola de Neve fosse alguma espécie de entidade invisível, impregnando o ar a sua volta e os ameaçando com todo o tipo de perigo. Num dia à tarde, Dedo-duro fez uma reunião e, com uma expressão de alarme no rosto, avisou que tinha notícias bem sérias para dar. Saltitando de nervoso, bradou a todos a sua volta:

— Camaradas! Descobrimos uma coisa terrível. Bola de Neve se vendeu a Frederick, da Fazenda Pinchfield, que nesse exato momento está tramando um ataque para tomar nossa fazenda! Bola de Neve servirá como guia quando iniciar. Mas é ainda pior. Nós pensávamos que a rebelião de Bola de Neve foi causada simplesmente por sua ambição e vaidade. Mas nós estávamos enganados, camaradas. Vocês sabem qual foi a verdadeira razão? Bola de Neve esteve aliado com Jones desde o início! Ele atuou todo o tempo como o seu agente infiltrado. Tudo foi comprovado por documentos que ele deixou na fazenda e que só foram descobertos agora. Para mim isso explica muita coisa, camaradas. Não vimos com nossos próprios olhos como ele tentou, felizmente sem sucesso, fazer com que fôssemos derrotados e destruídos na Batalha do Estábulo?

Os animais estavam atônitos. Isso era um crime muito mais grave do que a destruição do moinho de vento. No entanto, foram necessários alguns minutos até que eles absorvessem toda a história. Afinal, todos eles se lembravam ou julgavam se lembrar de Bola de Neve liderando o ataque na Batalha do Estábulo, e como ele incitou e encorajou a todos a cada instante, não parando de atacar, nem sequer por um momento, mesmo quando o chumbo da espingarda de Jones lhe rasgou as costas. De início foi um pouco difícil compreender como tudo isso se encaixava no fato de ele ser um agente infiltrado. Até mesmo Cascudo, que raramente fazia algum questionamento, estava um pouco confuso. Ele se deitou, enfiou as patas dianteiras debaixo do corpo, fechou os olhos e, com grande esforço, tentou organizar seus pensamentos:

— Eu não acredito. Bola de Neve lutou bravamente na Batalha do Estábulo. Eu vi com meus próprios olhos. Nós não lhe demos a condecoração "Herói Animal, Primeira Classe" logo após ela ter terminado?

— Esse foi o nosso erro, camarada. Pois agora sabemos, foi tudo registrado nos documentos secretos que encontramos. Na realidade, ele estava tentando nos atrair para uma derrota.

— Mas ele foi ferido — disse Cascudo. — Todos nós vimos o seu sangue escorrendo.

— Era tudo parte do combinado! — bradou Dedo-duro. — O tiro de Jones pegou somente de raspão. Eu poderia lhe mostrar isso, escrito com a sua própria letra, se você soubesse ler. O plano era para que Bola de Neve, no momento crítico da batalha, desse o sinal para a retirada e abandonasse o terreno para o avanço do inimigo. E ele quase obteve sucesso. Eu posso até mesmo afirmar, camaradas, ele TERIA tido sucesso se não fosse pelo nosso heroico Líder, Camarada Napoleão. Vocês por acaso não se lembram como, assim que Jones e os seus homens chegaram ao pátio, Bola de Neve de repente se virou e fugiu, sendo seguido por muitos animais? E vocês também não se lembram que foi nesse exato momento, quando o pânico se espalhava e tudo parecia perdido, que o Camarada Napoleão surgiu gritando "Morte à Humanidade!", enterrando os dentes na perna de Jones? Certamente vocês se lembram DISSO, não lembram, camaradas? — completou, dando pulinhos de um lado para o outro.

Agora que Dedo-duro havia descrito a cena com tantas imagens, pareceu aos animais que eles realmente se lembravam dela. Ao menos concordaram que, no momento crítico da batalha, Bola de Neve tinha dado meia-volta e fugido. Mas Cascudo ainda estava um pouco incomodado com a questão:

— Eu não acredito que Bola de Neve era um traidor desde o início — disse enfim. — O que ele fez de lá para cá já é outra coisa. Mas eu creio que na Batalha do Estábulo ele foi um bom camarada.

— O nosso Líder, Camarada Napoleão — complementou Dedo-duro, falando devagar e com firmeza —, declarou de forma categórica, categórica, camarada, que Bola de Neve era um agente infiltrado de Jones desde o começo. Sim, até mesmo bem antes de sequer pensarmos na Rebelião.

— Ah, então é diferente! — disse Cascudo. — Se foi o que o Camarada Napoleão disse, ele deve estar certo.

— É esse o verdadeiro espírito, camarada! — exclamou Dedo-duro. No entanto, todos puderam notar que ele deu uma olhadela bem feia para Cascudo, com seus olhinhos cintilantes. Ele chegou a se virar para ir embora, mas se deteve e acrescentou, de forma contundente. — Eu alerto a cada animal desta fazenda para que mantenha os seus olhos bem abertos. Temos razões para pensar que alguns dos agentes secretos de Bola de Neve estão à espreita entre nós neste momento!

Passados quatro dias, lá pelo fim da tardinha, Napoleão ordenou que todos os animais se reunissem no pátio. Quando estavam todos juntos, Napoleão emergiu da casa-grande, usando suas duas medalhas (recentemente ele havia concedido a si mesmo a "Herói Animal, Primeira Classe" e a "Herói

Animal, Segunda Classe"), e com seus nove cães imensos saltitando a sua volta — eles soltavam rosnados que davam calafrios na espinha de todos os presentes. Os animais se encolheram em silêncio nos seus lugares, parecendo pressentir que alguma coisa terrível estava prestes a ocorrer.

Napoleão ficou de pé, dirigindo um olhar severo para sua audiência; então deu um guincho estridente. Imediatamente os cães avançaram, abocanhando quatro dos porcos pelas orelhas e os arrastando, a guinchar de dor e terror, até os pés de Napoleão. As orelhas dos porcos sangravam, e aquele gosto de sangue por alguns momentos pareceu deixar os cães um pouco enlouquecidos. Para o espanto de todos, três dos cães atacaram Cascudo. Ele os viu se aproximando a tempo e, com o movimento de um dos cascos, pegou um deles ainda no ar e o espremeu contra o chão. O cachorro gritou por piedade, e os outros dois fugiram com o rabo entre as pernas.

Cascudo dirigiu o olhar a Napoleão, como que para saber se devia esmagá-lo com o seu imenso casco até a morte ou deixá-lo fugir. Napoleão pareceu mudar o semblante e, de forma ríspida, ordenou que Cascudo deixasse o cachorro viver. Ele obedeceu, levantando o casco, e o pobre cachorro zuniu dali, uivando de dor.

Naquele momento o tumulto amainou. Os quatro porcos esperaram trêmulos, com a culpa estampada em cada linha do semblante. Napoleão ordenou que confessassem os seus crimes. Eram os mesmos quatro porcos que protestaram quando ele aboliu as reuniões aos domingos. Sem mais demora, todos os quatro confessaram que estavam entrando em contato secretamente com Bola de Neve desde a sua expulsão, que haviam colaborado com ele na destruição do moinho de vento e que eles tinham feito um acordo para entregar a Fazenda dos Animais ao sr. Frederick. Eles ainda acrescentaram que Bola de Neve havia admitido privadamente a eles que era um agente secreto de Jones há muitos anos. Quando terminaram a sua confissão, os cães dilaceraram as gargantas deles, um por um, e, com uma voz terrivelmente ameaçadora, Napoleão perguntou se algum outro animal tinha qualquer coisa para confessar.

As três galinhas que haviam sido as líderes na tentativa de rebelião contra a venda dos ovos se aproximaram e declararam que Bola de Neve havia aparecido para elas em um sonho, onde ele as incitou a desobedecer às ordens de Napoleão. Em seguida, elas também foram degoladas. Então veio um ganso, que confessou ter escondido seis espigas de milho ao longo da colheita do último ano e depois as comeu em segredo, quando já era noite. Daí uma ovelha confessou ter urinado no açude — por insistência, segundo ela, de Bola de Neve —, e duas outras confessaram ter assassinado um velho bode, que era um seguidor especialmente devoto de Napoleão: elas o perseguiram ao redor de uma fogueira, quando ele sofria de um ataque de tosse. Todas foram mortas ali mesmo.

E então as histórias de confissões, seguidas de execuções sumárias, prosseguiram por um bom tempo, até que se formou uma pilha de corpos aos pés de Napoleão, e o ar já estava carregado com o cheiro de sangue, o que não se via na fazenda desde a expulsão de Jones.

Quando tudo acabou, os animais remanescentes, à exceção dos porcos e dos cães, se retiraram lentamente dali. Eles estavam trêmulos de angústia e não sabiam o que era mais chocante: a traição dos animais que haviam se aliado a Bola de Neve ou a repressão cruel que eles próprios tinham acabado de testemunhar. Nos tempos antigos, eram até mesmo frequentes as cenas de derramamento de sangue, igualmente terríveis, mas a todos pareceu que agora era ainda pior, pois eram animais matando animais. De fato, desde que Jones havia deixado a fazenda, até aquele dia, nenhum animal havia assassinado outro animal. Nem mesmo um rato havia sido morto.

Todos haviam percorrido o caminho até a pequena colina onde estava o moinho de vento ainda inacabado. Então, de comum acordo, se deitaram, buscando aquecer uns aos outros — Margarida, Muriel, Benjamim, as vacas, as ovelhas e todo o bando de gansos e galinhas —, todos eles estavam ali, exceto a gata, que havia sumido de repente, pouco antes de Napoleão ter ordenado que todos eles se reunissem. Por algum tempo, ninguém disse uma palavra. Apenas Cascudo permanecia de pé, andando irrequieto para lá e para cá, batendo sua longa cauda preta nos flancos e, de vez em quando, soltando um pequeno relincho angustiado. Enfim, se pôs a dizer:

— Eu não consigo entender. Nunca poderia acreditar que coisas como essas pudessem se passar em nossa fazenda. Isso deve ser por conta de alguma falha da nossa parte. A solução, pelo que eu posso ver, é trabalhar ainda mais duro. De agora em diante, eu vou me levantar uma hora mais cedo, todas as manhãs.

E saiu com seu trote pesado em direção à pedreira. Quando chegou lá, juntou dois grandes montes de pedra e os arrastou sozinho até a obra do moinho, antes de se retirar para dormir.

Os animais continuavam amontoados ao redor de Margarida sem dizer nada. A colina onde estavam lhes possibilitava ter uma ampla vista de toda a região à volta. A maior parte da Fazenda dos Animais estava lá, diante deles — a grande pastagem que se estendia até a estrada, o campo de feno, o bosque, o açude, os campos arados onde crescia o trigo novo, ainda verde e espesso, e os telhados vermelhos das construções da propriedade, com fumaça saindo pelas chaminés.

Era uma tardinha de primavera, e o céu estava aberto. A grama e as trepadeiras nas cercas refletiam o dourado dos últimos raios do sol poente. Jamais aquela fazenda lhes parecera um lugar tão agradável — e, com uma certa surpresa, eles se lembraram de que tudo aquilo era deles, cada centímetro do solo era sua propriedade. Enquanto observava todo aquele horizonte, Margarida ficou com os olhos cheios de lágrimas. Caso ela pudesse vociferar seus pensamentos, seria para dizer que aquilo que se passou não fazia parte do que eles buscavam quando, anos atrás, se rebelaram contra os humanos. Aquelas cenas de terror e carnificina não eram o que eles tinham em mente naquela noite do discurso do velho Major, quando foram incentivados a se rebelarem. Se ela própria tivesse qualquer imagem do futuro na cabeça, seria a de uma sociedade de animais libertos da fome e da chibata, todos iguais, cada um trabalhando de acordo com a sua capacidade, com os mais fortes protegendo os mais fracos, da mesma forma que ela havia protegido aquela ninhada de patinhos na noite em que o Major discursou.

No lugar disso — ela não sabia o motivo —, eles tinham chegado numa época quando ninguém se atrevia a dizer o que pensava, onde cães cruéis rosnavam perambulando por toda a parte e onde você era obrigado a ver seus camaradas feitos em pedaços após terem confessado os crimes mais chocantes. Não passava por sua mente nenhuma ideia de rebelião ou desobediência. Ela sabia que, por piores que fossem as coisas, eles ainda estavam bem melhores do que nos tempos de Jones e que, acima de tudo, era necessário evitar o retorno dos seres humanos à fazenda. O que quer que acontecesse, ela permaneceria fiel, trabalhando duro, cumprindo as ordens que lhe fossem dadas e aceitando a liderança de Napoleão. Mesmo assim, não era para isso que ela e os demais animais trabalharam, não era o que eles esperaram alcançar. Não era para isso que eles construíram o moinho de vento e enfrentaram as balas da espingarda de Jones. Esses eram os seus pensamentos, mas lhe faltavam palavras para expressá-los.

Finalmente, sentindo que assim conseguiria de alguma forma substituir as palavras que não soube encontrar, ela começou a cantarolar "Bichos da Inglaterra". Os outros animais, sentados à sua volta, foram aos poucos entrando no clima, e todos cantaram três vezes — dentro da melodia, no entanto de forma lenta e triste, como nunca antes a haviam cantado.

Eles mal haviam acabado de cantá-la pela terceira vez quando Dedo-duro, seguido por dois dos cães, se aproximou deles com um ar de quem tinha algo importante a dizer. Ele anunciou que, por um decreto especial do Camarada Napoleão, a canção "Bichos da Inglaterra" havia sido abolida. De agora em diante, seria proibido cantá-la. Os animais foram pegos de surpresa:

— Por quê? — perguntou Muriel.

— Ela já não é mais necessária, camarada — respondeu Dedo-duro rigidamente. — "Bichos da Inglaterra" era a canção da Rebelião. Mas a Rebelião agora está concretizada. A execução dos traidores nesta tarde foi o seu ato final. O inimigo, tanto externo quanto interno, foi vencido. Em "Bichos da Inglaterra" nós expressávamos o nosso anseio por uma sociedade melhor nos dias futuros. Mas essa sociedade hoje está estabelecida. Claramente essa canção já não tem mais nenhum propósito.

Mesmo amedrontados, como de fato estavam, alguns dos animais poderiam até ter protestado, mas imediatamente as ovelhas começaram a balir "Quatro pernas bom, duas pernas ruim", durante vários minutos e encerrando a discussão.

Assim "Bichos da Inglaterra" nunca mais foi ouvida. No seu lugar, Mínimo, o poeta, compôs outra canção, que começava assim:

Fazenda dos Animais, Fazenda dos Animais,
Se depender de nós, não verás o mal nunca mais!

E essa canção passou a ser cantarolada todas as manhãs de domingo, após o hasteamento da bandeira. Mas, de alguma forma, nem a letra nem a melodia jamais pareceram, segundo os animais, chegar perto de "Bichos da Inglaterra".

CAPÍTULO 8

Alguns dias depois, quando o terror causado pelas execuções havia diminuído, alguns dos animais se lembraram — ou julgaram se lembrar — o que o Sexto Mandamento decretava: "Nenhum animal matará outro animal". E, muito embora ninguém mencionasse o fato perto dos porcos ou dos cães, parecia que a matança que havia ocorrido não se encaixava bem. Margarida pediu a Benjamim para que lesse para ela o Sexto Mandamento e, quando o velho burro respondeu, como sempre fazia, que se recusava a tomar partido em tais assuntos, ela recorreu a Muriel.

Assim Muriel leu para ela o Mandamento, que dizia: "Nenhum animal matará outro animal SEM MOTIVO". Sabe-se lá por quê, mas as duas últimas palavras tinham desaparecido da memória dos animais. E agora eles viram que o Mandamento não havia sido violado, pois claramente havia uma boa razão para matar os traidores que se aliaram a Bola de Neve em segredo.

Ao longo daquele ano, os animais trabalharam ainda mais pesado do que tinham trabalhado no ano anterior. Para que pudessem reconstruir o moinho de vento, com paredes no dobro da espessura da primeira tentativa, e concluir toda a obra no prazo marcado, juntamente com o trabalho cotidiano de tocar a fazenda, sem dúvida era necessário um tremendo esforço de todos. Houve épocas em que parecia que os animais trabalhavam por mais horas a cada dia, e não se alimentavam melhor do que nos dias de Jones. Nas manhãs de domingo, Dedo-duro, segurando uma longa folha de papel, lia para eles listas de estatísticas com figuras que comprovavam que a produção de cada tipo de alimento havia crescido duzentos, trezentos ou quinhentos por cento, conforme o caso.

Os animais não viam razão para não crer nele, especialmente por conta do fato de que eles já não se lembravam mais com tanta clareza sobre as condições em que viviam antes da Rebelião. Em todo caso, havia dias em que eles sentiam que era preferível ter menos figuras e estatísticas e mais comida.

Agora todas as ordens eram transmitidas por meio do Dedo-duro ou um dos outros porcos. O próprio Napoleão já não era visto em público mais do que uma vez a cada quinze dias. Quando enfim aparecia, era acompanhado não somente pela sua comitiva de cães, como também por um galo preto que marchava à frente, atuando como uma espécie de arauto, soltando um sonoro "cocoricó" antes de cada discurso de Napoleão. Mesmo na casa-grande, diziam, Napoleão morava numa suíte separada dos demais quartos. Ele sempre se alimentava sozinho, com dois cães guardando a entrada, e sempre usava o conjunto de porcelanas da cristaleira da sala. Também foi anunciado que a espingarda seria disparada anualmente na data de aniversário de Napoleão, assim como nas duas demais datas comemorativas.

Aliás, ninguém mais se referia a Napoleão simplesmente como "Napoleão". As referências a sua pessoa eram sempre feitas com toda formalidade, como "nosso Líder, Camarada Napoleão", e os demais porcos gostavam de inventar novos títulos para ele, tais como Pai de Todos os Animais, Terror da Humanidade, Protetor do Curral, Amigo dos Patinhos e assim por diante.

Em seus discursos, com lágrimas a escorrer pelas bochechas, Dedo-duro exaltava a sabedoria de Napoleão, assim como a bondade do seu coração e o profundo amor que nutria pelos animais de toda parte, até mesmo (e especialmente) pelos infelizes que ainda viviam na ignorância e na escravidão nas demais fazendas e fazendas. Tornou-se comum atribuir a Napoleão o crédito por todos os projetos bem-sucedidos, assim como pelos golpes de sorte. Frequentemente se podia ouvir uma galinha comentar com a outra: "Sob a orientação de nosso Líder, Camarada Napoleão, eu botei cinco ovos em seis dias"; ou duas vacas, bebendo juntas no açude, exclamando: "Graças à liderança do Camarada Napoleão, quão delicioso é o gosto dessa água!".

O sentimento geral da fazenda foi bem expresso em um poema intitulado "Camarada Napoleão", composto por Mínimo, que dizia assim:

> Amigo dos órfãos!
> Fonte da felicidade!
> Lorde do balde d'água! Oh, como minha alma
> Queima quando olho para teu
> Olho calmo que nos comanda
> Como o sol no alto do céu,
> Camarada Napoleão!
>
> Tu és o doador de tudo
> O que as tuas criaturas amam,
> Barrigas cheias duas vezes ao dia, palha limpa para se rolar;
> Cada bicho, grande ou pequenino,
> Dorme em paz na sua cocheira,
> Enquanto tu zelas por todos,
> Camarada Napoleão!
>
> Se eu tivesse um leitãozinho,
> E ele crescesse do tamanho
> De um garrafão, ou mesmo de um barril,
> Já teria aprendido a ser
> Seu fiel e verdadeiro seguidor;
> Sim, e o seu primeiro guincho seria então:
> "Camarada Napoleão!"

Napoleão aprovou esse poema e ordenou que fosse escrito no grande celeiro, na parede oposta àquela onde estavam os Sete Mandamentos. Acima dele foi pintado em tinta branca um retrato de Napoleão de perfil, uma arte do próprio Dedo-duro.

Enquanto isso, por meio da atuação de Whymper, Napoleão estava engajado em negociações complexas com Frederick e Pilkington. As pilhas de madeira ainda não tinham sido vendidas. Frederick era o mais ansioso em consegui-las, mas não oferecia um preço razoável. Ao mesmo tempo, surgiram novos rumores de que Frederick e seus homens estavam planejando atacar a Fazenda dos Animais e destruir o moinho de vento, cuja construção causava uma furiosa inveja. Também se sabia que Bola de Neve ainda se encontrava escondido na Fazenda Pinchfield. No meio do verão, os animais ficaram alarmados quando ouviram que três galinhas tinham se apresentado e confessado que, inspiradas por Bola de Neve, haviam se associado a uma conspiração para assassinar Napoleão. Elas foram imediatamente executadas, e novas precauções quanto à segurança de Napoleão foram colocadas em prática. Quatro cães vigiavam sua cama durante a noite, um em cada canto, e um jovem porco, chamado Pinkeye, recebeu a missão de provar todas as suas refeições antes dele, para evitar que Napoleão pudesse ser envenenado.

Mais ou menos por essa época, foi anunciado que Napoleão havia entrado em acordo com o sr. Pilkington, e as pilhas de madeira seriam vendidas para ele; Napoleão também faria um outro acordo para o comércio regular de produtos entre a Fazenda dos Animais e a Fazenda Foxwood. As relações entre eles, apesar de serem conduzidas exclusivamente por intermédio de Whymper, agora eram praticamente amigáveis. Os animais não confiavam em Pilkington, pois ainda se tratava de um ser humano, mas o preferiam mil vezes a Frederick, que era temido e odiado por todos.

Com a passagem do verão e a construção do moinho de vento quase completa, os rumores de um ataque iminente e traiçoeiro cresciam cada vez mais. Diziam que Frederick tinha a intenção de trazer vinte homens armados para o ataque e já havia subornado os magistrados e a polícia, de modo que ninguém causaria problemas caso ele conseguisse pôr as mãos na escritura de propriedade da Fazenda dos Animais.

Além disso, vazavam de Pinchfield histórias terríveis sobre as crueldades que Frederick praticava contra seus animais. Ele teria açoitado um velho cavalo até a morte; deixava suas vacas morrerem de fome; assassinado um cachorro atirando-o na fornalha; e divertia-se nas tardinhas assistindo a rinhas de galos em cujas esporas eram atadas lâminas de barbear. O sangue dos animais da fazenda fervia de ódio quando ouviam dizer que tudo isso era feito aos seus camaradas na propriedade vizinha. Por vezes, eles chegavam a clamar para que fosse permitido montar uma equipe de ataque para invadir a Fazenda Pinchfield, expulsar os humanos e libertar os animais. Mas Dedo-duro aconselhava que eles evitassem ações precipitadas e confiassem na estratégia do Camarado Napoleão.

Em todo caso, a raiva a Frederick só fazia crescer. Em uma manhã de domingo, Napoleão surgiu no celeiro e explicou que jamais, em momento algum, realmente considerou vender as pilhas de madeira a Frederick; ele considerava que fazer qualquer negócio com canalhas da sua laia seria indigno para um porco como ele. Os pombos, que tinham sido enviados para espalhar mensagens a favor da Rebelião, foram proibidos de entrar em qualquer espaço de Foxwood e receberam também a ordem para que o seu antigo slogan de "Morte à Humanidade" fosse substituído por "Morte a Frederick".

Lá pelo fim do verão, outra das maquinações de Bola de Neve foi desvelada. A lavoura de trigo estava cheia de joio e descobriu-se que, numa de suas visitas noturnas, ele misturou sementes de joio com as de trigo. Um ganso que havia tomado parte na ação confessou sua culpa a Dedo-duro e, logo em seguida, cometeu suicídio ingerindo frutinhas letais de erva-moura.

Os animais também ficaram sabendo que Bola de Neve — como muitos julgavam se lembrar até então — jamais havia de fato recebido a condecoração de "Herói Animal, Primeira Classe". Essa história não passava de uma lenda que havia sido espalhada posteriormente à Batalha do Estábulo pelo próprio Bola de Neve. Assim, longe de ter sido condecorado, ele na realidade tinha sido repreendido por demonstrar covardia durante a batalha. Novamente alguns dos animais ouviram com certa perplexidade, mas não demorou muito para que Dedo-duro os convencesse de que havia algo errado nas memórias de Bola de Neve.

No outono, após um tremendo e exaustivo esforço — pois a colheita precisou ser feita praticamente ao mesmo tempo —, o moinho de vento ficou pronto. A maquinaria ainda precisava ser instalada, e Whymper estava negociando a sua aquisição, mas toda a estrutura estava finalizada. Contra todas as dificuldades, apesar da inexperiência, das ferramentas primitivas, da falta de sorte e da traição de Bola de Neve, a obra foi terminada pontualmente no dia marcado!

Cansados, porém orgulhosos, os animais deram voltas e mais voltas em torno da sua obra-prima, que parecia ainda mais bela aos seus olhos do que na primeira tentativa. Além do mais, as paredes agora tinham o dobro da espessura. Para colocá-la abaixo dessa vez, seria necessário usar explosivos! E quando pensaram no quanto eles haviam trabalhado, em quantos infortúnios haviam superado, e na enorme diferença que ocorreria em suas vidas quando as pás estivessem girando e os dínamos funcionando — ao pensarem sobre tudo isso, o cansaço se foi e eles passaram a saltitar ao redor do moinho, dando gritos de triunfo.

O próprio Napoleão, acompanhado de perto por seus cães e por seu galo preto, veio inspecionar o trabalho concluído; ele congratulou pessoalmente os animais pela conquista e anunciou que o moinho seria chamado Moinho Napoleão.

Dois dias depois, os animais foram convocados para uma reunião especial no celeiro. Eles ficaram boquiabertos de surpresa quando Napoleão anunciou que havia vendido as pilhas de madeira para Frederick. Já no dia seguinte, os caminhões de Frederick chegariam para levar a madeira. Ao longo de todo o período de aparente amizade com Pilkington, Napoleão na realidade estava negociando secretamente com Frederick.

Todas as relações com Foxwood foram cortadas, e Pilkington passou a receber mensagens com insultos. Os pombos foram orientados a evitar a Fazenda Pinchfield e a alterar o seu slogan de "Morte a Frederick" para "Morte a Pilkington". Ao mesmo tempo, Napoleão garantiu aos animais que as histórias de um iminente ataque à Fazenda dos Animais eram completamente falsas, e os rumores acerca da crueldade de Frederick para com os animais da sua propriedade eram imensamente exagerados. Todos esses boatos provavelmente tinham se originado de Bola de Neve e seus agentes. Aliás, agora parecia que Bola de Neve não estava se escondendo na Fazenda Pinchfield, e de fato ele nunca havia estado lá em toda a sua vida: ele na realidade vivia — cercado de luxo, segundo foi dito — em Foxwood, sendo sustentado por Pilkington há muitos anos.

Os porcos estavam extasiados com a astúcia de Napoleão. Ao fingir ser amigo de Pilkington, ele havia forçado Frederick a aumentar sua oferta pela madeira em doze libras. No entanto, a qualidade superior da mente de Napoleão, afirmou Dedo-duro, era revelada pelo fato de ele não confiar em ninguém, nem mesmo em Frederick. Ele quis pagar pela madeira com uma coisa chamada cheque, ao que parece, um pedaço de papel com uma promessa de pagamento escrita. Mas Napoleão era esperto demais para cair nessa artimanha. Ele exigiu que o pagamento fosse feito em notas autênticas de cinco libras, que deveriam ser entregues antes da madeira ser retirada. Assim Frederick já havia feito o pagamento, e a soma era justamente o valor necessário para a compra da maquinaria do moinho de vento.

Enquanto isso, a madeira já havia sido carregada pelos caminhões com grande rapidez. Quando tudo foi levado, outra reunião especial foi realizada no celeiro para que os animais inspecionassem as notas de Frederick. Sorrindo com ar bem-aventurado e usando suas duas condecorações, Napoleão repousava numa cama de palha na plataforma com todo o dinheiro ao seu lado, devidamente empilhado numa travessa da cozinha da casa-grande. Os animais fizeram uma fila e passaram devagarinho por ali, cada um podendo tomar o tempo que fosse necessário a observar a dinheirama. Cascudo alongou a cabeça para farejar as notas mais de perto, e os papéis delicados se mexeram e farfalharam com a sua respiração.

Três dias depois, houve uma terrível algazarra. Whymper, com o seu rosto branco como cera, veio correndo pela entrada da fazenda em sua bicicleta, largou-a no pátio e entrou direto para a casa-grande. Momentos depois um pavoroso rugido emergiu da suíte de Napoleão. A notícia do que havia se passado se espalhou como fogo por toda a fazenda: as notas eram falsas! Frederick havia levado toda aquela madeira em troca de nada!

Napoleão convocou imediatamente os animais e, com uma voz terrível, proclamou uma sentença de morte para Frederick. Quando fosse capturado, ele disse, Frederick seria fervido ainda vivo. Ao mesmo tempo, ele alertou a todos que, após aquela traição, eles deveriam esperar pelo pior. Frederick e seus homens poderiam iniciar a qualquer momento aquele ataque que fora antecipado há tempos. Sentinelas foram colocadas em todas as trilhas que davam acesso à fazenda. Além disso, quatro pombos foram enviados a Foxwood com uma mensagem conciliatória, que dava a esperança de um restabelecimento das boas relações com Pilkington.

Na manhã seguinte veio o ataque. Os animais estavam no café da manhã quando as sentinelas surgiram correndo com a notícia de que Frederick e seus seguidores já haviam ultrapassado a porteira das cinco barras. Com toda bravura, os animais avançaram ao seu encontro, mas logo viram que dessa vez não obteriam uma vitória tão fácil quanto a da Batalha do Estábulo. Eram quinze homens e, dentre eles, meia dúzia armados de espingardas; eles começaram a abrir fogo assim que chegaram a cinquenta metros de distância. Os animais não podiam fazer frente às terríveis explosões e à saraivada de balas e, apesar dos esforços de Napoleão e Cascudo para que avançassem à frente, eles logo se viram obrigados a recuar.

Um punhado deles já estava ferido. Eles se refugiaram nas construções da fazenda e ficaram olhando com cuidado através das frestas e dos buracos nas paredes. Toda a grande pastagem, incluindo o moinho de vento, estava nas mãos do inimigo. Naquele momento, até mesmo Napoleão parecia perdido. Caminhava de um lado para o outro sem dizer uma palavra, com o rabicho rígido e contraído. Olhares ansiosos se dirigiram à Fazenda Foxwood. Caso Pilkington e seus homens viessem ao seu auxílio, talvez o dia ainda pudesse ser vitorioso. Mas nesse momento os quatro pombos, que haviam sido enviados no dia anterior, retornaram à fazenda; e um deles trazia consigo um pedaço de papel com uma mensagem de Pilkington escrita a lápis: "Bem feito".

Enquanto isso, Frederick e seus homens pararam ao lado do moinho de vento. Os animais os observavam de longe, e um murmúrio de medo surgiu entre eles. Dois dos homens tinham um pé de cabra e uma marreta nas mãos. Eles iriam botar o moinho abaixo.

— Impossível! — gritou Napoleão. — Nós construímos as paredes grossas demais para cederem assim. Nem em uma semana eles conseguirão derrubar. Coragem, camaradas!

Mas Benjamim permaneceu atento, observando a atividade dos invasores. Os dois, com o pé de cabra e a marreta, estavam abrindo um buraco na base do moinho de vento. Bem devagar, com um ar que beirava à diversão, ele assentiu com seu longo focinho e disse:

— Era o que eu pensava. Vocês não conseguem ver o que eles estão fazendo? Daqui a pouco, eles vão colocar explosivos naquele buraco.

Aterrorizados, os animais aguardaram. Naquele momento era simplesmente impossível se aventurar fora da proteção das construções onde eles estavam abrigados. Passados alguns minutos, os homens foram vistos correndo em todas as direções. Então houve um estrondo ensurdecedor.

Os pombos zuniram pelo céu, e todos os animais, à exceção de Napoleão, se jogaram no chão e esconderam o rosto. Quando se levantaram novamente, puderam ver que restava uma imensa nuvem de fumaça preta onde estava o moinho. Vagarosamente a brisa a levou embora. O moinho de vento havia deixado de existir!

Diante de tal visão, a coragem prontamente retornou aos animais. O medo e o desespero que sentiam foram engolfados pelo ódio diante daquele ato vil e desprezível. Um poderoso brado de vingança emergiu pelos ares e, sem aguardar ordem alguma, eles avançaram num grande grupo diretamente contra o inimigo. Dessa vez eles não recuaram ante as balas que caíram sobre eles em saraivadas. Foi uma batalha selvagem e implacável. Os homens atiraram muitas vezes e, quando os animais os encurralaram na curta distância, foram obrigados a se valer dos seus porretes e botinas pesadas. Uma vaca, três ovelhas e dois gansos caíram mortos, e quase todos os animais foram feridos. Até mesmo Napoleão, que dirigia as operações da retaguarda, teve a ponta do rabicho atingido por um tiro de raspão.

Mas os homens tampouco saíram ilesos. Três deles tiveram a cabeça quebrada pelos coices de Cascudo; um foi perfurado na barriga pelo chifre de uma vaca; outro teve suas calças quase arrancadas por Jessie e Bluebell. E quando os nove cães da guarda pessoal de Napoleão, que ele tinha enviado por um desvio pelo outro lado da cerca, apareceram de repente no flanco dos invasores, latindo furiosamente, o pânico dominou os homens.

Eles viram que corriam o risco de serem cercados por todos os lados. Frederick gritou para que seus homens fugissem dali enquanto ainda havia chance e, no momento seguinte, todos corriam covardemente por suas vidas. Os animais os perseguiram até o fundo do campo, desferindo alguns golpes finais que os forçavam a fugir pulando as cercas de espinhos.

Os animais venceram, mas estavam cansados e suas feridas sangravam. Vagarosamente começaram a se arrastar de volta para a fazenda. A visão de seus camaradas mortos, largados sobre a relva, levou alguns deles às lágrimas. E, por alguns instantes, eles permaneceram num silêncio melancólico sobre o local onde antes estivera o moinho de vento. Sim, ele se foi; não restara praticamente nenhum vestígio de todo o trabalho! Até mesmo as fundações tinham sido parcialmente destruídas. E, se fossem reconstruí-lo, dessa vez já não poderiam fazer uso das pedras caídas no seu entorno. Dessa vez as pedras também haviam desaparecido. A força da explosão as arremessou a centenas de metros de distância. Era como se o moinho nunca tivesse existido.

Ao se aproximarem da fazenda, Dedo-duro, que estivera inexplicavelmente ausente ao longo da batalha, veio saltitando ao encontro dos animais, balançando seu rabicho e guinchando de satisfação. E eles puderam ouvir, vindo da direção das construções da propriedade, um solene disparo de espingarda.

— Qual o motivo de tal disparo? — indagou Cascudo.

— Para celebrar nossa vitória! — exclamou Dedo-duro.

— Qual vitória? — indagou Cascudo. Seus joelhos sangravam; ele tinha perdido uma das ferraduras e rachado um casco; além disso, uma dúzia de fragmentos de chumbo de espingarda havia se alojado numa das suas patas traseiras.

— Qual vitória, camarada? Nós não acabamos de expulsar o inimigo para fora da nossa terra, o solo sagrado da Fazenda dos Animais?

— Mas eles destruíram o moinho de vento. E nós trabalhamos nele por dois anos!

— O que importa? Nós iremos construir outro moinho. Nós construiremos mais seis deles, se quisermos. Você não compreende, camarada, a coisa grandiosa que acabamos de realizar. O inimigo ocupava este mesmo chão em que estamos. E agora, graças à liderança do Camarada Napoleão, nós reconquistamos cada palmo dele de volta!

— Então nós ganhamos de volta o que já era nosso — disse Cascudo.

— Essa é a nossa vitória — completou Dedo-duro.

Eles se arrastaram até o pátio. O chumbo sob o couro da perna de Cascudo ardia dolorosamente. Ele via à sua frente a dura tarefa de reconstruir o moinho de vento desde as suas fundações e, na sua imaginação, ele já se preparava para o trabalho. Mas, pela primeira vez, ocorreu em sua mente que já contava com onze anos de idade e talvez os seus grandes músculos já não estivessem na mesma forma de anos atrás.

No entanto, quando os animais viram a sua bandeira verde tremulando, ouviram a arma disparar novamente — ao todo, foram dados sete disparos —, e presenciaram mais um discurso feito por Napoleão, congratulando todos pela conduta, pareceu que, no fim das contas, eles de fato haviam conquistado uma vitória grandiosa.

Aos animais mortos na batalha foi dado um funeral solene. Cascudo e Margarida puxaram o vagão de carroça que serviu de carro fúnebre, e o próprio Napoleão caminhou à frente da procissão. Dois dias inteiros foram dedicados às celebrações. Houve canções, discursos e novos disparos da espingarda; e um prêmio especial foi dado a cada animal: uma maçã (cada ave ganhou cinquenta gramas de milho, e cada cachorro ganhou três biscoitos).

Foi anunciado que a batalha se chamaria Batalha do Moinho de Vento, e que Napoleão havia criado uma nova condecoração, a "Ordem da Bandeira Verde", que conferiu a si mesmo. Em meio a tantas celebrações, o assunto infeliz das notas de dinheiro falso acabou sendo esquecido.

Alguns dias depois, os porcos acharam uma caixa de uísque na adega da casa-grande. Ela passou despercebida quando a casa foi inicialmente ocupada. Naquela noite, surgiu da casa-grande um som alto de festa e cantoria e, para a surpresa geral, foi possível escutar alguns trechos de "Bichos da Inglaterra". Aproximadamente às nove e meia da noite, Napoleão, usando um velho chapéu-coco do sr. Jones, foi visto nitidamente saindo da porta dos fundos — ele deu em rápido galope em volta do pátio e logo desapareceu pela mesma porta.

Na manhã seguinte, no entanto, um profundo silêncio pairava sobre a casa-grande. Já eram quase nove horas quando Dedo-duro apareceu, andando lentamente e desanimado, com o olhar caído, o rabicho mole e uma aparência geral de quem estava seriamente doente. Ele convocou os animais e contou que tinha uma terrível notícia para dar: o Camarada Napoleão estava morrendo!

Um grito de lamento surgiu entre os animais. Colocou-se palha do lado de fora das portas da casa-grande, e todos andavam pé ante pé. Com lágrimas nos olhos, eles se perguntavam um ao outro o que fariam se o seu Líder fosse tomado deles. Correu um rumor pela fazenda de que Bola de Neve havia conseguido finalmente envenenar a comida de Napoleão. Às onze horas, Dedo-duro saiu para fazer outro pronunciamento. Em seu último ato sobre a Terra, o Camarada Napoleão fez um decreto solene: o consumo de álcool deveria ser punido com a morte.

Pela tardinha, no entanto, Napoleão já parecia estar um pouco melhor e, na manhã seguinte, Dedo-duro pôde anunciar a todos que ele estava em plena recuperação. À tarde, Napoleão retornou ao trabalho e, no dia seguinte, soube-se que ele havia instruído Dedo-duro a comprar, em Willingdon, alguns manuais sobre fermentação e destilação. Uma semana depois, Napoleão deu ordens para que fosse arado o pequeno cercado atrás do pomar, que anteriormente tinha sido destinado ao repouso dos animais aposentados. Foi dito que a grama estava desgastada e necessitava de um replantio; porém logo ficou claro que na realidade Napoleão tinha a intenção de semeá-la com cevada.

Mais ou menos nessa época, ocorreu um estranho incidente que ninguém conseguiu compreender. Numa noite, já por volta da meia-noite, ouviu-se um grande barulho no pátio, e os animais correram das cocheiras para ver o que se passava. Era lua cheia. Ao pé da parede no fundo do grande celeiro, onde os Sete Mandamentos foram escritos, estava uma escada quebrada em dois pedaços. Dedo-duro, atordoado, estava estatelado ao seu lado, tendo junto a si uma lanterna, um pincel e uma lata de tinta branca entornada no chão. Os cães logo cercaram Dedo-duro e o conduziram de volta à casa-grande quando ele teve forças para caminhar.

Nenhum animal conseguiu ter qualquer ideia sobre o que aquilo tudo significava, exceto o velho Benjamim, que balançou o focinho com um ar de entendimento, parecendo compreender o que se passava, mas no fim das contas não disse coisa alguma.

Alguns dias depois, no entanto, Muriel, lendo os Sete Mandamentos para si mesma, percebeu que havia outro mandamento do qual os animais tinham se lembrado errado. Eles pensavam que o Quinto Mandamento era "Nenhum animal beberá álcool", mas se esqueceram de duas palavras. Na verdade, o Mandamento dizia: "Nenhum animal beberá álcool EM EXCESSO".

CAPÍTULO 9

O casco rachado de Cascudo levou um longo tempo para cicatrizar. Eles tinham iniciado a reconstrução do moinho de vento no dia seguinte ao fim das celebrações da vitória na batalha. Cascudo, aliás, se recusou a tirar sequer um dia de licença do trabalho, tratando como se fosse uma questão de honra não transparecer a ninguém a dor que sentia por conta do ferimento. À tardinha ele admitia somente para Margarida que o seu casco rachado realmente doía à beça. Ela tratava o seu ferimento com infusões de ervas, que preparava com a própria mastigação; e tanto Margarida quanto Benjamim alertavam Cascudo para que não trabalhasse tão duro. "Um pulmão de cavalo não dura para sempre", ela lhe dizia.

Mas Cascudo não dava ouvidos. Ele mantinha apenas uma única ambição: poder ver o moinho de vento quase finalizado antes de alcançar a idade da sua aposentadoria.

No início, quando as leis da Fazenda dos Animais foram formuladas, a idade da aposentadoria para os cavalos e os porcos foi fixada em doze anos, catorze para as vacas, nove para os cães, sete para as ovelhas e cinco para as galinhas e os gansos. Também foi acordado que os animais idosos receberiam pensões generosas. Até então nenhum animal de fato havia se aposentado e solicitado pensão, mas ultimamente o assunto vinha sendo discutido com uma frequência cada vez maior. Agora que o cercado atrás do pomar havia sido usado para semear cevada, corriam boatos de que um canto da grande pastagem seria fechado e transformado numa área para o descanso dos mais velhos.

Para um cavalo, segundo foi dito, a pensão seria de dois quilos e meio de milho por dia e, durante o inverno, oito quilos de feno, além de uma cenoura, talvez uma maçã, nos feriados. O aniversário dos doze anos de Cascudo ocorreria no final do verão do ano seguinte.

Enquanto isso a vida seguia dura. O inverno foi tão frio quanto o anterior, e a quantidade de comida foi ainda menor. Novamente foram reduzidas todas as rações, exceto as dos porcos e dos cães. Uma igualdade demasiadamente rígida na quantidade de ração, explicou Dedo-duro, seria contrária aos princípios do Animalismo. Em todo caso, ele não teve nenhuma dificuldade em provar aos outros animais que eles na realidade NÃO estavam com falta de alimentos — apesar das aparências. Durante aquele período especial, de fato, eles acharam necessário fazer um reajuste das rações (Dedo-duro sempre usava o termo "reajuste", nunca "redução"), mas, em comparação com os tempos de Jones, o aumento ainda era enorme.

Assim, lendo as estatísticas com uma voz aguda e corrida, ele provou a todos, em detalhes, que eles tinham mais aveia, mais feno e mais nabo do que na época de Jones. Além disso, eles trabalhavam menos horas por dia, a água do açude tinha uma qualidade melhor, todos viviam por mais tempo, mais jovens sobreviviam à infância, tinham mais palha nas cocheiras e, por fim, sofriam menos com as pulgas. Os animais acreditaram em cada palavra do que foi dito. Mas, para falar a verdade, tanto Jones quanto tudo o que ele representava já tinham sido quase que apagados da memória. O que eles sabiam é que a vida atual era dura e cheia de privações, com frequência sentiam fome e também frio; e todos em geral estavam executando algum trabalho quando não estavam dormindo. Porém, sem sombra de dúvida, havia sido pior nos tempos antigos. Eles se sentiam bem ao pensar assim. Além disso, naqueles dias eles eram escravos e hoje eram animais livres; e isso fazia toda a diferença, como Dedo-duro nunca deixava de destacar.

Hoje havia muito mais bocas para se alimentar. No outono, as quatro porcas tiveram cria quase que ao mesmo tempo, dando vida a um total de trinta e um leitõezinhos. Os porquinhos eram malhados, e como Napoleão era o único porco reprodutor na fazenda, não era difícil adivinhar a sua linhagem. Foi anunciado que mais tarde, quando tijolos e madeira fossem comprados, uma sala de aula seria construída no jardim da casa-grande. Por enquanto, os porquinhos seriam instruídos pelo próprio Napoleão na cozinha da casa. Eles faziam seus exercícios no jardim, sendo desencorajados a brincar com os filhotes dos outros animais. Foi também naquela época que se estabeleceu uma regra: quando um porco e qualquer outro animal se encontrassem numa trilha, o outro animal deveria ceder a passagem; e também que todos os porcos, independentemente da sua hierarquia, sempre aos domingos, teriam o privilégio de usar fitas verdes atadas aos seus rabichos.

A fazenda teve um ano consideravelmente bem-sucedido, mas ainda faltava dinheiro. Era preciso comprar tijolos, areia e cal para a construção da sala de aula, e logo seria necessário começar a economizar novamente para a compra da maquinaria do moinho de vento. Além disso, também era preciso gastar com o querosene para lampiões e as velas para iluminar a casa-grande, com o açúcar para a mesa de Napoleão (ele proibiu para os demais porcos, explicando que os deixaria gordos) e com a reposição de ferramentas, pregos, carvão, arame, sucata e biscoitos para os cachorros.

Eles venderam um pouco de feno e parte da colheita de batatas. Já o contrato de fornecimento de ovos foi aumentado para seiscentos por semana, de modo que naquele ano as galinhas mal conseguiram chocar o número de ovos necessário para manter a sua população. As rações, já escassas em dezembro, foram reduzidas mais uma vez em fevereiro, e os lampiões foram proibidos nos estábulos para economizar querosene. Apesar de tudo, os porcos pareciam confortáveis com aquela situação e na realidade estavam até ganhando alguns quilos.

Numa tarde nos últimos dias de fevereiro, um aroma suculento e apetitoso, como os animais jamais haviam farejado antes, preencheu o pátio vindo da pequena cervejaria além da cozinha, que estava abandonada desde os tempos de Jones. Alguém disse que era um cheiro de cevada cozida. Os animais continuaram a farejar o ar avidamente, imaginando se algum sopão estava sendo preparado para o jantar. Mas não apareceu sopão algum e, no domingo seguinte, foi anunciado que de agora em diante toda a cevada seria reservada exclusivamente para os porcos. O cercado além do pomar já havia sido semeado com cevada, e logo vazou a notícia de que cada um dos porcos estava recebendo uma caneca de cerveja por dia, e Napoleão sozinho consumia meio galão todo santo dia — a sua cerveja era servida nas xícaras do conjunto de porcelanas da cristaleira.

    Mas, se é verdade que algumas dificuldades surgiam ao longo do caminho, elas eram parcialmente compensadas pelo fato de que a vida atual tinha muito mais dignidade do que antes. Havia mais canções, mais discursos, mais procissões e desfiles. Napoleão determinou que uma vez por semana eles teriam uma ação chamada Manifestação Espontânea, para celebrar as lutas e os triunfos da Fazenda dos Animais. Na hora marcada, os animais deveriam abandonar seu trabalho e marchar pelos terrenos da fazenda em formação militar, com os porcos na dianteira, seguidos pelos cavalos, as vacas, as ovelhas e as aves. Os cães fariam a retaguarda da procissão e, lá na frente de todos, seguiria o galo preto de Napoleão. Cascudo e Margarida sempre carregariam a bandeira verde com os símbolos do casco e do chifre e os dizeres "Vida longa ao Camarada Napoleão!". Logo após haveria a recitação de poemas compostos em honra a Napoleão, e um discurso de Dedo-duro dando os detalhes dos últimos incrementos na produção de alimentos. Nessa ocasião, um tiro seria disparado pela espingarda.

    As ovelhas eram as mais entusiasmadas com as Manifestações Espontâneas e, se caso alguém reclamasse (como faziam alguns animais, quando não havia nenhum porco ou cachorro por perto) de que aquilo tudo era uma perda de tempo, e que eles eram obrigados a marchar no frio em terreno aberto, as ovelhas logo tratavam de silenciá-lo com um novo coro de "Quatro pernas bom, duas pernas ruim!".

    Porém, de um modo geral, os animais até gostavam daquelas celebrações. Eles achavam reconfortante o fato de serem constantemente lembrados de que, no fim das contas, eles eram os verdadeiros mestres de si mesmos, e todo o seu trabalho era convertido em seu próprio benefício. Dessa forma, com as canções, as procissões, as estatísticas de Dedo-duro, os disparos solenes da espingarda, o cocoricó do galo preto e o tremular da bandeira, eles poderiam esquecer que estavam de barriga vazia pelo menos numa parte dos seus dias.

    Em abril, a Fazenda dos Animais foi proclamada uma República, e tornou-se necessário eleger um presidente. Houve apenas um candidato, Napoleão, que foi eleito por unanimidade. No mesmo dia surgiu a notícia de que foram descobertos novos documentos que revelavam maiores detalhes sobre a cumplicidade de Bola de Neve com Jones. Agora se soube que Bola de Neve não apenas tinha tramado para que eles perdessem a Batalha do Estábulo, como os animais tinham imaginado, mas também havia lutado abertamente ao lado de Jones. De fato, foi ele quem atuou como o líder das forças humanas, e se atirou à batalha com as palavras "Vida longa à Humanidade!" nos lábios. Aliás, os ferimentos nas costas de Bola de Neve, que poucos animais ainda se lembravam de terem visto, foram feitos pelos dentes do próprio Napoleão.

Lá pela metade do verão, Moisés, o corvo, de repente reapareceu na fazenda, após uma ausência de muitos anos. Ele continuava o mesmo: não trabalhava e insistia em contar as mesmas histórias de sempre sobre a Montanha do Algodão Doce. Ele se empoleirava num toco de árvore, agitava ocasionalmente as asas negras e falava por horas a fio a quem quer que estivesse disposto a ouvi-lo:

— Lá no alto, camaradas — dizia solenemente, apontando para o céu com seu bico largo —, lá no alto, pouco além daquela nuvem negra, ali em cima, lá está ela, a Montanha do Algodão Doce, o lugar feliz onde nós, pobres animais, iremos descansar eternamente, libertos de tanto trabalho.

Ele inclusive chegou a afirmar que tinha estado lá num dos seus voos mais elevados, quando chegou a contemplar os campos sem fins de trevos, e os bolos de linhaça e os torrões de açúcar que cresciam nas cercas vivas. Muitos dos animais acreditavam nele. Afinal eles pensavam: hoje suas vidas se reduzem ao trabalho e à fome; não seria justo, portanto, que um mundo melhor existisse em algum outro lugar? O certo é que, se havia uma coisa difícil de ser definida, era a atitude dos porcos em relação a Moisés. Se, por um lado, afirmavam com todas as letras que as suas histórias sobre a Montanha do Algodão Doce eram pura mentira, por outro permitiam que ele permanecesse na fazenda sem trabalhar e ainda lhe davam uma caneca de cerveja por dia.

Depois que o seu casco cicatrizou, Cascudo trabalhou mais duro do que nunca. De fato, naquele ano todos os animais trabalharam feito escravos. Além do trabalho do dia a dia na fazenda e da reconstrução do moinho de vento, ainda tiveram de erguer, em março, a sala de aula dos porquinhos. Por vezes era difícil suportar tantas horas de lida com tão pouca ração, mas Cascudo nunca esmoreceu. Em nada do que ele dizia ou fazia se podia notar algum sinal de que a sua força já não era a mesma de antes. Somente a sua aparência tinha se modificado um pouco: o seu pelo já não era tão brilhoso e as suas grandes ancas pareciam ter murchado.

Os demais diziam: "Cascudo vai se recuperar quando crescer o capim da primavera", mas, quando veio a primavera, Cascudo manteve o mesmo aspecto. Às vezes, na rampa para o topo da pedreira, quando forçava a sua musculatura contra o peso de um imenso pedregulho, parecia que era somente a vontade de continuar a obra que o mantinha de pé. Nesses momentos seus lábios pareciam tentar dizer "Trabalharei ainda mais!", mas não saía sequer um sussurro. Outra vez Margarida e Benjamim o aconselharam a tomar conta da saúde, mas ele não lhes dava atenção. O seu décimo segundo aniversário vinha se aproximando. Mas ele não se importava com o que poderia acontecer, desde que uma boa quantidade de pedras fosse amontoada antes de ele se aposentar.

No final da tarde, num dia do verão, surgiu o rumor de que algo havia ocorrido a Cascudo. Ele tinha saído sozinho para puxar alguns montes de pedra até o moinho de vento. E de fato o rumor era bem verdadeiro. Alguns minutos depois, vieram dois pombos afobados dando a notícia:

— Cascudo está caído! Ele tombou de lado e não consegue se levantar!

Metade dos animais da fazenda correu para a colina onde se encontrava o moinho. Lá estava Cascudo, caído entre os paus da carroça, com o pescoço esticado, sem poder sequer levantar a cabeça. Da sua boca escorria um filete de sangue. Margarida se agachou ao seu lado e o chamou:

— Cascudo! Como você está?

— É o meu pulmão — respondeu numa voz fraca. — Não importa. Eu acho que vocês conseguirão finalizar o moinho de vento sem mim. Já há uma boa quantidade de pedra acumulada. Em todo caso, só me restava mais um mês de trabalho. Para falar a verdade, eu já estava esperando pela aposentadoria. E, quem sabe, como Benjamim também está ficando velho, eles permitam que ele se aposente junto comigo para que um possa fazer companhia ao outro.

— Precisamos de socorro imediato — alertou Margarida. — Alguém corra até o Dedo-duro e conte a ele o que aconteceu.

Todos os animais em volta correram imediatamente de volta à casa-grande e contaram a Dedo-duro do ocorrido. Só ficaram Margarida e Benjamim, que se deitou ao lado de Cascudo e, sem dizer uma palavra, ficou espantando as moscas com o seu longo rabo. Depois de quinze minutos, apareceu Dedo-duro cheio de simpatia e preocupação. Ele afirmou que o Camarada Napoleão havia tomado conhecimento e ficado profundamente abalado com o infortúnio ocorrido a um dos trabalhadores mais leais da fazenda, e já estava cuidando para que Cascudo fosse enviado até o hospital em Willingdon para ser devidamente tratado.

Os animais ficaram um pouco irrequietos com a notícia. Exceto por Mollie e Bola de Neve, nenhum outro animal jamais havia deixado as cercanias da fazenda. Não gostavam nem um pouco de imaginar o seu camarada doente nas mãos de seres humanos. No entanto, Dedo-duro não teve dificuldade em convencê-los de que o cirurgião veterinário em Willingdon poderia tratar do caso de Cascudo de modo mais satisfatório do que poderia ser feito dentro da própria fazenda. Quase meia hora mais tarde, quando Cascudo já estava parcialmente recuperado, ainda tinha muita dificuldade para ficar de pé, mas conseguiu cambalear de volta até a sua cocheira, onde Margarida e Benjamim haviam preparado uma boa cama de palha para ele se deitar.

Nos dois dias que se seguiram, Cascudo permaneceu na sua cocheira. Os porcos enviaram uma grande garrafa cheia de um remédio cor-de-rosa, que foi encontrada no armarinho do banheiro, e Margarida dava a Cascudo duas vezes por dia após as refeições. À noitinha, ela ficava na sua cocheira e os dois conversavam, enquanto Benjamim se dedicava a afastar as moscas.

Cascudo afirmava não estar triste pelo que ocorreu. Caso tivesse uma boa recuperação, esperava viver ainda mais uns três anos e já podia imaginar os dias de paz e tranquilidade que passaria no cercado do cantinho da grande pastagem. Seria a primeira vez que ele teria tempo para se dedicar a estudar e aprimorar sua mente. Ele disse que pretendia dedicar o resto da sua vida a aprender as vinte e duas letras restantes do alfabeto.

Entretanto, Benjamim e Margarida só podiam estar junto de Cascudo após o horário de trabalho, e foi no meio do dia que o carroção veio levá-lo embora. Os animais estavam trabalhando na lavoura, sob a supervisão de um porco, quando ficaram chocados ao ver Benjamim galopando, vindo da direção das construções da fazenda, zurrando bem alto. Era a primeira vez que eles viram Benjamim nervoso — de fato, era a primeira vez que o viram galopar.

— Depressa, depressa! — ele gritou. — Venham logo! Eles estão levando Cascudo embora!

Sem esperar por alguma ordem do porco, os animais largaram o trabalho e correram de volta às construções da fazenda. De fato, lá no pátio, estava estacionado um grande carroção fechado, puxado por dois cavalos, com um letreiro na lateral e um homem de ar astuto, usando um chapéu-coco, sentado no banco do condutor. E a cocheira de Cascudo estava vazia.

Os animais cercaram o carroção e gritaram:

— Até mais, Cascudo! Até breve!

— Idiotas! Imbecis! — bradou Benjamim, trotando ao seu redor e batendo no chão com seus pequenos cascos. — Tolos! Não conseguem ler o que está escrito na lateral da carroça?

Com isso, os animais se calaram, houve um silêncio. Muriel começou a soletrar as palavras do letreiro, mas Benjamim a empurrou para o lado e leu, em meio ao silêncio geral:

— *Alfred Simmonds, Matadouro de Cavalos e Fabricação de Cola, Willingdon. Comerciante de Peles e Farinha de Ossos. Fornecedor para Canis.* Vocês não percebem o que isso significa? Eles estão levando Cascudo para o carniceiro!

Um grito de horror emergiu de todos os animais ali presentes. Nesse momento o condutor da carroça deu com o chicote nos seus cavalos, e eles logo saíram do pátio num trote rápido. Todos os animais seguiram o carroção, esbravejando a plenos pulmões. Margarida abriu passagem até a frente. O carroção começou a ganhar ainda mais velocidade. Margarida forçou suas pernas pesadas a um galope, mas tudo o que conseguiu foi trotar um pouco mais rápido.

— Cascudo! — ela gritou. — Cascudo! Cascudo! Cascudo!

E, nesse exato momento, como se tivesse ouvido toda a balbúrdia lá fora, a cara de Cascudo apareceu na janelinha traseira da carroça, com sua mancha branca no focinho.

— Cascudo! — gritou Margarida, já em desespero. — Cascudo! Sai daí! Sai já daí! Eles o estão levando para o matadouro!

E todos os animais acompanharam Margarida, gritando em coro:

— Sai daí! Cascudo, sai já daí!

Mas o carroção já tinha acelerado o suficiente para deixar todos eles para trás. Não podiam dizer se Cascudo havia entendido o que gritou

Margarida. Mas, no momento seguinte, sua cara desapareceu da janela e todos ouviram um tremendo barulho de cascos batendo no interior do carroção. Ele estava tentando escapar dali. Houve um tempo em que alguns coices de Cascudo teriam esmigalhado aquela carroça inteira e a transformado num monte de lenha. Mas ai!, a sua força tinha ido embora e, mais alguns instantes, o som dos coices foi diminuindo até sumir de vez. Em desespero, os animais começaram a suplicar aos dois cavalos que puxavam o carroção para que parassem:

— Camaradas! Camaradas! Não levem um irmão para ser morto!

Mas os cavalos eram brutos e estúpidos, ignorantes demais para ter consciência do que estava se passando; eles se limitaram a murchar as orelhas e apertar o trote. A cara de Cascudo não chegou a aparecer novamente na janela. E quando alguém teve a ideia de correr à frente e fechar a porteira de cinco barras, já era tarde demais, pois o carroção já tinha atravessado a porteira e desaparecia no horizonte da estrada. Cascudo nunca mais foi visto.

Três dias depois, foi anunciado que ele havia falecido no hospital em Willingdon, a despeito de ter recebido todos os cuidados que um cavalo poderia ter em seu tratamento. Dedo-duro veio dar a notícia. Segundo disse, ele esteve presente em suas últimas horas de vida:

— Foi a cena mais comovente que eu já testemunhei! — afirmou, erguendo sua pata e deixando escorrer uma lágrima dos olhos. — Eu estive ao lado do seu leito em seus últimos momentos. E, já no fim, quase sem ter forças para falar, ele sussurrou em meu ouvido que a sua única tristeza era a de morrer antes do moinho de vento ter sido finalizado. Então ele também sussurrou: "Avante, camaradas! Avante, em nome da Rebelião! Vida longa à Fazenda dos Animais! Vida longa ao Camarada Napoleão! Napoleão está sempre certo". Tais foram as suas últimas palavras, camaradas.

Após terminar seu relato, o comportamento de Dedo-duro mudou de repente. Ele ficou em silêncio por um momento, e seus olhinhos navegaram de um lado ao outro, com ar de suspeição antes de prosseguir.

Chegou ao seu conhecimento, ele disse, que um rumor tolo e perverso circulou pela fazenda quando Cascudo foi levado da propriedade. Alguns dos animais relataram que na lateral do carroção que o transportou estava escrito "Matadouro de Cavalos", e chegaram à conclusão de que Cascudo estava sendo enviado ao matadouro. É quase inacreditável, afirmou Dedo-duro, que algum animal possa ser tão estúpido. Ora, por certo, ele gritou indignado, balançando o rabicho e dando saltinhos de um lado para o outro, por certo eles deveriam conhecer melhor o seu amado Líder, Camarada Napoleão. A explicação era de fato muito simples: o carroção tinha sido a propriedade de um carniceiro, mas então foi comprado pelo cirurgião veterinário, que ainda não tinha tido tempo de substituir o letreiro. E foi assim que surgiu o engano.

Os animais ficaram imensamente aliviados ao ouvir tal explicação. E Dedo-duro continuou dando detalhes sobre o leito de morte de Cascudo, do cuidado admirável que ele recebeu em seu tratamento e dos remédios caríssimos que Napoleão pagou sem se importar com o preço, desaparecendo as últimas dúvidas e a tristeza que sentiam pela morte de seu camarada, aliviados pelo pensamento de que ao menos ele morreu feliz.

O próprio Napoleão apareceu na reunião do domingo seguinte e declamou uma singela oração em memória de Cascudo. Não tinha sido possível, ele disse, trazer de volta à fazenda os seus restos mortais para um enterro dentro da propriedade, mas ele tinha ordenado a confecção de uma grande coroa feita com os louros do jardim da casa-grande, que foi enviada para adornar o túmulo de Cascudo. E também foi anunciado que em alguns dias os porcos pretendiam realizar um banquete em sua memória. Napoleão encerrou o seu discurso rememorando duas das máximas favoritas de Cascudo: "Trabalharei ainda mais" e "Camarada Napoleão está sempre certo" — máximas, ele disse, que todo animal faria bem em adotar como suas.

No dia marcado para o banquete, a carroça de uma mercearia chegou vinda de Willingdon e deixou um grande engradado de madeira na casa-grande. Naquela noite, os animais ouviram uma ruidosa cantoria, que foi sucedida por algo que se parecia com uma violenta discussão, encerrando-se por volta das onze horas com uma grande algazarra e som de vidros quebrados. No dia seguinte, ninguém mais deu o ar da graça na casa-grande até o meio-dia; e correu um boato de que os porcos, não se sabe como, tinham conseguido dinheiro para comprar uma nova caixa de uísque.

CAPÍTULO 10

Anos se passaram. As estações iam e vinham, e a curta vida dos animais escorria com o tempo. Chegou um dia em que ninguém mais se lembrava da época anterior à Rebelião, exceto Margarida, Benjamim, Moisés e alguns porcos.

Muriel estava morta, assim como Bluebell, Jessie e Pincher. Até mesmo Jones estava morto — ele havia morrido num asilo para alcoólatras, bem longe dali. Bola de Neve foi esquecido. Cascudo foi esquecido, exceto pelos poucos que conviveram com ele. Margarida era agora uma égua velha e corpulenta, com rigidez nos joelhos e olhos avermelhados pelo reumatismo. Dois anos já haviam se passado, já tinha idade de se aposentar, mas na realidade nenhum animal da fazenda havia se aposentado. Aquela história de reservar um cercadinho no canto do pasto para os animais idosos já não era sequer mencionada há tempos.

Napoleão havia se tornado um imenso porco maduro com seus cento e cinquenta quilos. Dedo-duro estava tão gordo que mal conseguia abrir os olhos. Somente o velho Benjamim estava mais ou menos o mesmo, exceto pelo focinho um pouco mais grisalho e, desde a morte de Cascudo, mais rabugento e taciturno do que nunca.

Agora havia muito mais bichos na fazenda, embora o crescimento populacional não tenha sido tão grande quanto foi antecipado nos primeiros anos. Para muitos dos animais jovens, a Rebelião se resumia a uma tradição obscura, passada adiante por meio do boca a boca; e ainda havia alguns animais adquiridos de fora, que nunca tinham ouvido falar nada a respeito até entrarem na propriedade. Além de Margarida, a fazenda contava agora com mais três cavalos. Eram bichos de porte elegante, trabalhadores entusiasmados e bons camaradas, porém um pouco estúpidos. Nenhum deles se mostrou capaz de aprender o alfabeto além da letra B. Eles aceitavam tudo o que era contado sobre a Rebelião e sobre os princípios do Animalismo, especialmente quando vinha da boca de Margarida, por quem eles tinham um respeito quase filial; mas não se sabia se eles realmente entendiam alguma coisa da história toda.

Agora toda a fazenda estava mais próspera e bem organizada; inclusive, chegou a ser aumentada com a compra de dois campos de plantio da propriedade do sr. Pilkington. O moinho de vento havia enfim sido finalizado, e a fazenda possuía uma debulhadeira e um elevador de feno próprio; além disso, várias novas construções foram erguidas. Whymper tinha adquirido para si uma pequena charrete. O moinho, no entanto, no fim das contas não foi usado para a geração de energia elétrica. Ele era usado para moer cereais, dando um lucro tremendo. De fato, os animais davam duro na construção de mais um moinho de vento; quando este outro fosse terminado, segundo foi dito, os dínamos seriam finalmente instalados. Mas de todo aquele luxo do qual falou Bola de Neve, as cocheiras com luz elétrica e água quente e fria, e a semana de trabalho de três dias, já não se dizia mais nada. Napoleão denunciou tais ideias como sendo contrárias ao espírito do Animalismo. A felicidade mais pura e verdadeira, ele disse, estava em trabalhar duro e viver de forma frugal.

De alguma forma, era como se a fazenda toda tivesse enriquecido sem, no entanto, tornar seus próprios animais mais ricos; à exceção, é claro, dos porcos e dos cães. Talvez isso resida parcialmente pelo fato de haver tantos porcos e tantos cães na propriedade. Não que esses animais não trabalhassem ao seu modo. Conforme Dedo-duro, que nunca se cansava de explicar, havia uma infindável quantidade de trabalho por ser feito na supervisão e na organização da fazenda. Grande parte desse trabalho era de uma natureza que os demais animais eram muito ignorantes para compreender.

Por exemplo, Dedo-duro dizia, os porcos tinham de gastar todo santo dia uma enorme quantidade de trabalho com coisas misteriosas chamadas "arquivos", "relatórios", "minutas" e "memorandos". Eram grandes folhas de papel que tinham de ser minuciosamente cobertas com palavras escritas; e, assim que estavam preenchidas, logo eram queimadas no forno. Tudo isso era da mais alta importância para o bem-estar da fazenda, explicou Dedo-duro. Ainda assim, nem os porcos nem os cães produziam qualquer alimento por conta do seu próprio trabalho; e havia um montão deles, e o apetite sempre insaciável.

Quanto aos demais, sua vida, até onde sabiam, continuava a mesma de sempre. Eles geralmente andavam com fome, dormiam sobre a palha, bebiam água do açude e trabalhavam no campo; no inverno, sofriam com o frio, e no verão eram atormentados pelas moscas. De vez em quando os animais mais velhos se esforçavam para recordar de memórias quase apagadas, tentando determinar se nos dias iniciais da Rebelião, quando a expulsão de Jones era ainda recente, as coisas eram melhores ou piores. Mas eles não conseguiam se lembrar. De fato, não havia nada que pudessem comparar com sua vida atual: tudo o que tinham eram as estatísticas de Dedo-duro, que invariavelmente demonstravam que tudo estava ficando cada vez melhor.

Os animais concluíram que o problema era insolúvel; em todo caso, eles tinham pouco tempo para gastar com especulações. Somente o velho Benjamim dizia se lembrar de cada detalhe da sua longa vida, a ponto de saber que as coisas nunca estiveram nem poderiam estar muito melhor ou muito pior — a fome, a fadiga e a decepção, segundo ele dizia, formavam a lei imutável da vida.

Ainda assim, os animais nunca perdiam a esperança. E mais, nunca lhes faltava, nem por um instante, o sentimento de honra e privilégio pelo fato de serem membros da Fazenda dos Animais. Eles ainda faziam parte da única propriedade rural em todo o condado — em toda Inglaterra! — que pertencia a animais e por eles administrada. Nenhum deles, nem mesmo os mais jovens, nem mesmo os novatos que foram adquiridos de outras fazendas que ficavam a quinze ou trinta quilômetros de distância, nenhum, enfim, jamais deixou de se maravilhar com esse fato. E quando ouviam o disparo da espingarda e a bandeira verde tremulando no topo do mastro, seus corações se inchavam com um orgulho eterno, e suas conversas sempre se voltavam para os feitos heroicos do passado: a expulsão de Jones, a inscrição dos Sete Mandamentos, as grandes batalhas nas quais os invasores humanos foram escorraçados. Nenhum dos seus sonhos antigos foi abandonado. A República dos Animais que o velho Major havia predito, quando os campos verdejantes da Inglaterra já não seriam pisados por pés humanos, ainda era parte da crença geral.

Ela ainda chegaria um dia: poderia ser cedo, poderia ser somente após as vidas de cada um deles, mas o seu dia haveria de chegar. Até a melodia de "Bichos da Inglaterra" talvez ainda fosse, quem sabe, cantarolada em segredo aqui e ali; de qualquer forma, era fato que cada animal na fazenda a conhecia, ainda que ninguém mais ousasse cantá-la em voz alta. Até poderia ser verdade que as suas vidas eram duras e que nem todas as suas esperanças haviam se concretizado, mas eles tinham a consciência de que não eram como os outros animais. Se tinham fome, não era por terem alimentado seres humanos tirânicos; se trabalhavam duro, ao menos trabalhavam para si mesmos. Entre eles, nenhuma criatura andava sobre duas pernas. Da mesma forma, nenhuma criatura chamava outra de "Mestre". Todos os animais eram iguais.

Certo dia, no início do verão, Dedo-duro ordenou que as ovelhas o seguissem, e as levou até um terreno baldio no outro canto da fazenda, que tinha sido tomado por mudas de bétula. As ovelhas passaram lá o dia inteiro roendo as bétulas, sob a supervisão de Dedo-duro. À noitinha ele retornou à casa-grande, mas, como o tempo estava quente, disse às ovelhas que ficassem por lá mesmo. No fim das contas, elas acabaram ficando por lá uma semana inteira e nem sequer foram vistas no resto da propriedade. Dedo-duro passava a maior parte do dia com elas, ensinando, conforme ele disse, uma nova canção, por isso necessitava de privacidade.

Foi logo após o retorno das ovelhas, numa tardinha agradável, quando os animais já tinham terminado o trabalho e faziam o caminho de volta às construções de fazenda, que o relincho apavorado de um cavalo foi ouvido do pátio. Assustados, os animais se detiveram onde estavam. Era a voz de Margarida. Ela relinchou novamente, e dessa vez todos os animais zuniram a galope até o pátio. Então eles viram o que Margarida tinha presenciado.

Era um porco caminhando somente sobre as patas traseiras.

Sim, era Dedo-duro. Um pouco desajeitado, uma vez que não estava acostumado a suportar todo o seu considerável peso naquela posição; mesmo assim, caminhava pelo pátio com equilíbrio perfeito. E, pouco tempo depois, surgiu da porta da casa-grande uma longa fileira de porcos, todos caminhando nas duas patas traseiras. Alguns se saíam melhor do que outros; uns seguiam um pouco desequilibrados, dando a impressão de necessitar do apoio de uma bengala, mas conseguiram dar uma volta completa em torno do pátio. Enfim, houve um tremendo latido de cães, seguido por um cacarejo estridente do galo preto, até que o próprio Napoleão surgiu, majestosamente de pé, lançando olhares de pura arrogância para os lados, com seus cães saltitando ao seu redor.

Ele empunhava um chicote numa das patas dianteiras.

Houve um silêncio mortal. Maravilhados, aterrorizados, amontoados uns junto dos outros, os animais observaram a longa fila de porcos marchando lentamente em torno do pátio. Era como se o mundo tivesse virado de cabeça para baixo. Então veio um momento, quando o primeiro choque já havia diminuído, a despeito de tudo — a despeito do seu medo dos cães, e do hábito, desenvolvido ao longo de tantos anos, de nunca reclamarem, de nunca criticarem, independentemente do que tivesse ocorrido —, eles poderiam dizer alguma palavra de protesto. Mas justamente nesse momento, como se tivesse sido previamente combinado, todas as ovelhas irromperam num tremendo balido:

— Quatro pernas bom, duas pernas MELHOR! Quatro pernas bom, duas pernas MELHOR! Quatro pernas bom, duas pernas MELHOR!

Esse mantra seguiu por cinco minutos sem cessar. E quando as ovelhas finalmente se acalmaram, já havia passado a oportunidade para qualquer tipo de protesto, uma vez que os porcos já tinham marchado de volta à casa-grande.

Benjamim sentiu um focinho encostando em seu lombo. Ele olhou para trás: era Margarida; seus olhos pareciam mais turvos que nunca. Sem dizer nada, ela o puxou com cuidado pela crina e o conduziu até o fundo do grande celeiro, onde estavam escritos os Sete Mandamentos. Por um minuto ou dois, permaneceram ali, contemplando a parede antiga com seu letreiro branco.

— Minha vista está falhando — ela disse enfim. — Mesmo quando eu era jovem, não conseguia ler o que estava escrito aí. Mas agora me parece que essa parede está um pouco diferente. Os Sete Mandamentos são os mesmos que costumavam ser, Benjamim?

Pela primeira vez, Benjamim concordou em quebrar sua regra, e leu para ela o que estava escrito na parede. Não havia mais nada escrito à exceção de um único Mandamento, que dizia assim:

**TODOS OS ANIMAIS SÃO IGUAIS,
MAS ALGUNS ANIMAIS SÃO MAIS IGUAIS DO QUE OUTROS**

Depois disso não pareceu estranho que, no dia seguinte, os porcos que supervisionavam o trabalho na fazenda passassem a andar com chicotes nas patas. Também não pareceu estranho que os porcos tivessem comprado um sistema de comunicação sem fio, que estivessem instalando um telefone na fazenda, e que tivessem assinado o *Daily Mirror* e outros jornais e revistas. Tampouco alguém estranhou quando Napoleão foi visto passeando nos jardins da casa-grande com um cachimbo na boca — não, nem mesmo quando os porcos tiraram as roupas do sr. Jones dos armários da casa e passaram a usá-las.

Napoleão apareceu com um casacão preto, calções de caçada e perneiras de couro, enquanto sua porca favorita surgiu com o vestido de seda que a sra. Jones costumava usar aos domingos.

Uma semana depois, à tarde, surgiram várias charretes subindo a estrada rumo à fazenda. Uma delegação de fazendeiros vizinhos havia sido convidada para realizar uma visita de inspeção. Todos os cantos da propriedade foram mostrados, e eles demonstraram grande admiração por tudo o que viram, especialmente o moinho de vento. Os animais estavam limpando e capinando a lavoura de nabos. Eles trabalhavam com afinco, mal elevando seu olhar do chão e sem saber a quem deveriam temer mais: aos porcos ou aos visitantes humanos.

Naquela noite, altas gargalhadas e rompantes de cantoria surgiram da casa-grande. E, noite adentro, ao ouvirem o som de vozes misturadas, os animais foram acometidos de curiosidade. O que poderia estar acontecendo lá dentro, agora que, pela primeira vez, animais e seres humanos estavam se reunindo em termos de igualdade? Com a mesma ideia em mente, eles começaram a se dirigir tão furtivamente quanto possível até o jardim da casa.

Quando chegaram ao portão, eles se detiveram um pouco temerosos, mas Margarida deu o exemplo e entrou. Pata ante pata seguiram até a casa, e aqueles animais que eram suficientemente altos puderam espiar pela janela da sala de jantar. Lá dentro, em torno de uma grande mesa, estavam sentados meia dúzia de fazendeiros e meia dúzia de porcos entre os mais proeminentes — com o próprio Napoleão no lugar de honra, à cabeceira da mesa. Os porcos pareciam estar totalmente à vontade em suas cadeiras. O grupo estava se divertindo com um jogo de cartas, que foi momentaneamente interrompido para que pudessem fazer um brinde. Um grande jarro estava circulando pela mesa, e as canecas eram constantemente reabastecidas de cerveja. Ninguém notou as caras espantadas dos animais, que continuavam a espiar pela janela.

O sr. Pilkington, de Foxwood, levantou-se com a caneca na mão. Ele disse que num instante pediria aos presentes para realizarem um brinde, mas antes havia algumas palavras que ele julgava ser seu dever pronunciar.

Prosseguiu dizendo que era um motivo de grande satisfação para ele — e, ele estava certo, também para os demais presentes — perceber que o longo período de desconfiança e desentendimento chegava agora a um fim. Houve um tempo — não que ele ou qualquer um dos fazendeiros presentes partilhassem de tais sentimentos —, mas houve um tempo em que os respeitáveis proprietários da Fazenda dos Animais eram tratados, ele não diria com hostilidade, mas talvez com certa apreensão, pelos seus vizinhos humanos. Ocorreram incidentes infelizes, e ideias equivocadas circulavam por toda parte. Muitos consideravam que a existência de uma fazenda que não somente pertencia aos porcos, mas era administrada por porcos, era algo um tanto anormal, que poderia causar perturbações na vizinhança.

Assim, muitos fazendeiros deram por certo, sem o devido cuidado de verificar o que de fato se passava, que numa fazenda dessas prevaleceria um espírito de imoralidade e indisciplina. Eles estavam preocupados com os efeitos disso tudo em seus próprios animais ou até mesmo em seus empregados humanos. Mas todas essas dúvidas e inquietações agora tinham se dissipado. Hoje ele e seus amigos tinham visitado a Fazenda dos Animais, inspecionado cada palmo dela com seus próprios olhos, e o que eles encontraram? Não apenas os métodos mais modernos de administração, mas uma ordem e uma disciplina que deveriam servir de exemplo para todos os fazendeiros. Ele julgava poder até mesmo afirmar que os animais inferiores da Fazenda dos Animais trabalhavam mais tempo e recebiam menos comida do que quaisquer outros animais no condado. De fato ele e seus amigos tinham observado, naquela visita, muita coisa que tinham a intenção de introduzir imediatamente em suas próprias propriedades.

Então ele disse que encerraria seu comentário enfatizando uma vez mais os sentimentos amigáveis que prevaleceram e deveriam seguir prevalecendo, entre a Fazenda dos Animais e os seus vizinhos. Entre os porcos e os seres humanos não havia, e não havia motivo algum para haver, quaisquer conflitos de interesses. Suas lutas e dificuldades eram uma só. Afinal, o trabalho não constituía o mesmo problema em todo lugar? Nesse momento tornou-se aparente que o sr. Pilkington se preparava para brindar os presentes com algum dito espirituoso, mas por alguns instantes ele parecia rir internamente da própria piada, de modo que ela não conseguia sair da sua boca. Depois de sufocar bastante, o que deixou seus vários queixos avermelhados, ele enfim conseguiu dizer:

— Se vocês aqui têm problemas para conter os seus animais inferiores, nós também temos as nossas classes inferiores!

Esta galhofa provocou uma verdadeira erupção de gargalhadas pela mesa, e o sr. Pilkington novamente felicitou os porcos pelas longas horas de trabalho, pela economia nas rações e pela ausência geral de mimos aos trabalhadores, observado na Fazenda dos Animais.

E agora, disse por fim, ele convidava a todos que se levantassem e estivessem certos de que suas canecas estavam cheias; em seguida, concluiu:

— Cavalheiros, eu lhes proponho um brinde: à prosperidade da Fazenda dos Animais!

Seguiram-se aplausos entusiasmados, e todos bateram os pés algumas vezes no chão. Napoleão ficou tão satisfeito que deixou o seu lugar e deu a volta na mesa para bater sua caneca na do sr. Pilkington, antes de esvaziá-la. Quando a comemoração arrefeceu, Napoleão, que havia permanecido de pé, anunciou a todos que também tinha palavras a dizer.

Como todos os discursos de Napoleão, aquele foi curto e direto ao ponto. Ele disse que também estava feliz pelo fato de aquele período de desentendimento ter chegado ao fim. Por um longo tempo circularam rumores — criados, ele tinha suas razões para crer, por algum inimigo maligno — de que havia algo de subversivo, até mesmo revolucionário, nos pontos de vista dele e de seus colegas. Diziam que eles tentavam fomentar rebeliões dentre os animais das fazendas vizinhas. Mas nada poderia estar mais distante da verdade! O seu único desejo, agora e no passado, era o de conviver em paz, tendo relações comerciais normais com os seus vizinhos. Esta fazenda, que ele tinha a honra de administrar, adicionou, era um empreendimento cooperativo. As escrituras que estavam em seu poder conferiam a posse da propriedade a todos os demais porcos.

Ele não acreditava, disse, que ainda restasse qualquer uma das velhas suspeitas, no entanto foram realizadas algumas mudanças recentes na rotina da fazenda que visavam aumentar ainda mais a confiança externa. Até então os animais da fazenda tinham mantido o hábito tolo de se dirigirem uns aos outros como "camaradas". Isso iria acabar. Também havia outro costume bem estranho, de origem desconhecida, de marcharem todo domingo nas imediações de uma caveira de porco pregada num poste do jardim. Isso também iria acabar, e a caveira já havia sido enterrada.

Os visitantes também podem ter observado a bandeira verde que tremulava no alto do poste. Se foi o caso, talvez eles tenham notado que os símbolos do casco e do chifre brancos que antes faziam parte da bandeira agora foram removidos. De hoje em diante, a nova bandeira será totalmente verde, sem símbolo algum.

Ele prosseguiu dizendo que gostaria de fazer apenas um reparo ao excelente e amigável discurso do sr. Pilkington. Ao longo de todo o discurso, o sr. Pilkington se referiu à "Fazenda dos Animais". Obviamente, ele não poderia saber — pois Napoleão estava anunciando o fato pela primeira vez — que o título "Fazenda dos Animais" foi abolido. A partir de hoje a fazenda deveria ser intitulada "Fazenda do Solar" — que era, ele acreditava, o nome correto e original.

Então Napoleão concluiu:

— Cavalheiros, vou propor o mesmo brinde, mas de uma forma diferente. Encham suas canecas até a borda... Cavalheiros, aqui vai o meu brinde: à prosperidade da Fazenda do Solar!

Seguiram-se os mesmos aplausos entusiasmados de antes, e as canecas foram esvaziadas até não restar sequer espuma. Mas, aos olhos dos animais que espiavam a cena do lado de fora, pareceu que algo estranho se passava. O que havia se alterado na cara dos porcos? Os olhos cansados de Margarida fitavam todos, pulando de uma face à outra. Alguns deles tinham cinco queixos, outros tinham quatro, e os demais tinham três. Mas o que diabos parecia estar fazendo com que suas caras derretessem e se transformassem? Então os aplausos encerraram, e todos voltaram para o jogo de cartas que tinha sido interrompido; e, do lado de fora, os animais se afastaram em silêncio.

No entanto, não haviam caminhado sequer por vinte metros quando se detiveram novamente, pois uma algazarra e um tumulto de vozes emergiram da casa-grande. Logo todos correram de volta e espiaram novamente pela mesma janela. Sim, realmente era uma discussão violenta. Havia gritos, murros na mesa, olhares de suspeita e furiosas negativas. A origem de todo o conflito, pelo que parecia, foi o fato de Napoleão e o sr. Pilkington terem lançado à mesa, ao mesmo tempo, um ás de espadas.

Doze vozes gritavam, cheias de ódio, e todas eram iguais. Agora já não havia dúvida sobre o que ocorreu com as caras dos porcos. Lá fora os animais observavam as fisionomias, saltando de porco para homem e de homem para porco, e novamente de porco para homem, mas já era impossível diferenciar quem era porco e quem era homem.

NOTAS DO TRADUTOR

[1] Já na primeira linha da obra temos um termo de tradução muito difícil. No original, *Manor Farm*, temos uma referência a uma fazenda onde há uma grande mansão luxuosa (propriedade do sr. Jones). Após a rebelião dos animais, essa mesma fazenda será rebatizada para *Animal Farm*, o título original da obra. Assim, o próprio título escolhido no primeiro lançamento da obra no Brasil foi um tanto infeliz, primeiro porque faz menção a algo que não estava na ideia original, segundo porque usa a palavra "revolução" no lugar de "rebelião", que seria o mais correto. Ou seja, seguindo essa lógica o título no Brasil deveria ser *A Rebelião dos Animais*. No entanto, melhor ainda teria sido usar *A Fazenda dos Animais*, *A Granja dos Animais* ou *A Chácara dos Animais*.

[2] O nome original do cavalo é *Boxer*. Sempre que possível, tento deixar os nomes originais, ou a versão deles em português — como, por exemplo, Benjamim no lugar de *Benjamin* ou Moisés no lugar de *Moses*. *Boxer*, no entanto, soa demasiadamente estranho (na minha opinião), principalmente em se considerando a importância do personagem na obra. Assim sendo, quebrei a cuca para tentar achar um nome o mais próximo possível da ideia de "um boxeador, um cara forte e resiliente". Cheguei, enfim, ao nome Cascudo. Sei que alguns podem não gostar, mas foi o melhor que pude fazer neste caso.

[3] *Clover*, o nome original da égua, se refere a "um trevo" (quiçá a um trevo de quatro folhas, representando os seus quatro potros). Sendo uma personagem feminina, manter o nome seria especialmente ruim; então queimei a cuca para buscar, na natureza, alguma espécie de planta, flor ou folha que pudesse soar bem como o nome de uma égua, e acabei chegando a Margarida.

O tradutor.

ASSINE NOSSA NEWSLETTER E RECEBA INFORMAÇÕES DE TODOS OS LANÇAMENTOS

www.faroeditorial.com.br

CAMPANHA

FiqueSabendo

Há um grande número de portadores do vírus HIV e de hepatite que não se trata.

Gratuito e sigiloso, fazer o teste de HIV e hepatite é mais rápido do que ler um livro.

Faça o teste. Não fique na dúvida!

Veríssimo

ESTE LIVRO FOI IMPRESSO
EM MAIO DE 2023